어느 숲지기의 꿈

나무처럼

어느 숲지기의 꿈

나무처럼

ⓒ최병암 2018

1판2쇄 2018년 4월 5일

지 은 이   최병암
펴 낸 이   강민철
펴 낸 곳   ㈜컬처플러스
편   집   고혜란
디 자 인   이유경
홍   보   음소형
출판등록   2003년 7월 12일 제2-3811호
ISBN 979-11-85848-09-9 (03810)

주   소   03170 서울시 종로구 새문안로5가길 28, 619호 (광화문플래티넘)
전화번호   02-2272-5835
전자메일   cultureplus@hanmail.net
홈페이지   http://www.cultureplus.com

「이 도서의 국립중앙도서관 출판예정도서목록(CIP)은 서지정보유통지원시스템
홈페이지(http://seoji.nl.go.kr)와 국가자료공동목록시스템(http://www.nl.go.kr/
kolisnet)에서 이용하실 수 있습니다.(CIP제어번호: CIP2018003399)」

* 이 책 내용의 일부 또는 전부를 사용하려면 반드시 저자와 (주)컬처플러스의
  동의를 얻어야 합니다.
* 잘못 만든 책은 구입하신 서점에서 바꾸어 드립니다.

값 14,000원

최병암 詩集

어느 숲지기의 꿈

나무처럼

컬처플러스

온유한 숲지기의 찬가^{讚歌}

임 보 시인

    최병암 시인은 보통의 시인들과는 좀 다른 배경을 갖고 있습니다. 그는 숲을 관리하는 관료이면서 시를 좋아하는 문인입니다. 옛날의 왕정 때는 시를 아는 문인들을 관직에 등용했기 때문에 벼슬하는 이들이 시를 쓰는 일은 당연했습니다만 요즘은 보기 어려운 사례입니다.

    전통적인 동양의 시관에서 보면 시는 읽는 이의 마음을 온유돈후溫柔敦厚하게 한다고 했습니다. 즉 마음을 따스하고 부드럽게 하며 인정을 도탑게 한다는 뜻입니다. 이는 시인이 세상을 온유돈후하게 한다는 의미로 해석할 수도 있습니다. 최병암 시인의 경우를 보면서 나는 오늘날에도 관료들에게 시를 익히게 하면 세상이 얼마나 부드러워지겠는가를 생각하게 됩니다.

최병암 시인의 작품에는 거의가 다 온유돈후한 건실한 생각이 담겨 있습니다. 그의 작품들 가운데는 인간의 삶에 대한 성찰을 기록한 시편들도 적지 않습니다만, 대부분은 자연에 대한 사랑—특히 초목들에 대한 애정—이 넘친 찬가들이라고 할 수 있습니다.

　　표제의 시 「나무처럼」만 읽어 봐도 그의 시적 특성을 잘 짐작할 수 있습니다.

　　이 세상 오직 한곳에
　　깊이 뿌리박고
　　한 걸음 미동도 못하면서도
　　하늘 높은 그곳을 우러러
　　가지를 힘차게 뻗는 나무처럼

　　여름엔 비바람 겨울엔 눈보라
　　또 온갖 새들 몰려와
　　품은 열매 모두 쪼아내어도
　　말없이 기다리다 봄 되면 다시
　　새파란 이파리 돋아내는 나무처럼

　　결코 한평생에 살생이란 없다.
　　벌레부터 사람까지 만 생명 품어 길러도

은혜를 갚으라 하지 않고
오직 태양의 은총만을 기다리며
빛이 육신이 된 나무처럼

나무처럼, 그 나무처럼...

– 「나무처럼」 전문 –

전 작품이 나무를 매체로 한 비유의 구조로 되어 있습니다.

제1연은 척박한 환경 속에서도 드높은 이상을 품고 있는 나무처럼, 제2연은 모든 고난과 역경을 이겨내며 푸름을 잃지 않는 나무처럼, 제3연은 어떠한 보상도 바라지 않고 헌신적으로 살아가는 나무처럼, 그렇게 살고 싶다는 혹은 그렇게 살아가자는 소망을 노래하고 있습니다. 나무의 덕성을 찬미하면서 그를 닮고자 하는 기원입니다. 스스로를 각성시키는 자성가自醒歌이며, 세상을 일깨우는 경세문警世文이라고도 할 수 있습니다.

지상의 어떤 성인聖人도 나무가 지닌 덕德을 따르기는 어려울지 모릅니다. 나무처럼 주어진 환경에 순응하면서 초탈하게 살아가는 생명체는 없는 것 같습니다. 깨어 있는 사람들은 그런 나무의 덕성을 지켜보면서 이를 본받고자 합니다. 최 시인은 산림을 보살피는 기관에 몸을 담고 수목들과 가까이 지내다 보니 자연스럽게 나무의 소중함과 그 덕성에 눈과 가슴이 열린 것 같습니다.

목신木神이 있다면 아마도 이 시집의 출간을 크게 기뻐할 것으로 생각됩니다.

부디 이 시집이 세상의 곳곳에 널리 파급되어 시인이 지닌 따스한 사랑의 마음이 차가운 세상을 훈훈하게 덥히기를 기대해 봅니다.

나무는 신을 가장 닮았습니다

신神께서 자신의 모습을 따라 인간을 만드셨다고 하지만 인생과 사회를 아무리 들여다봐도 인간이 신을 가장 닮았다고 말하기는 어려운 것 같습니다.

공직에 있으면서 나무와 숲을 중심으로 25년가량 살아보니 신을 가장 닮은 존재는 아무래도 나무인 것 같습니다. 나무는 분명 신의 품성을 간직하고 있으며 숲은 신께서 거할 만한 신성한 곳입니다.

신앙이든 과학이든 어떤 관념과 상관없이 나무와 숲은 그 자체로서 이를 아무리 노래하여도 끝나지 않는 영속한 가치가 분명 있습니다.

정신없이 돌아가는 사회의 한 톱니바퀴 속에서 먼지처럼 사라질 순간들이 아쉬워 짧은 글쓰기를 했고, 나무와 숲이 속삭이는 밀어들을 가슴에만 묻어두기 아까워 어린 소년이 책갈피에 나뭇잎을 끼워 모으듯 그렇게 모은 글들을 세상에 냅니다. 또 그렇다 보니 나뭇가지마다 살결이 모두 보이는 한겨울의 나목이 된 듯도 합니다.

그러나 어떤 글 한 조각이라도 낙엽이 되어 땅에 묻혀 다음 봄을 기약할 수만 있다면 설사 매서운 바람에 그 나무껍질이 갈라져 터져도 여한이 없을 듯합니다.

2018년 2월
봄이 오는 소리를 들으며

최 병 암

草 · 木

山·林

自·然

人 · 生

草
·
木

나무처럼

이 세상 오직 한곳에
깊이 뿌리박고
한 걸음 미동도 못 하면서도
하늘 높은 그곳을 우러러
가지를 힘차게 뻗는 나무처럼

여름엔 비바람 겨울엔 눈보라
또 온갖 새들 몰려와
품은 열매 모두 쪼아내어도
말없이 기다리다 봄 되면 다시
새파란 이파리 돋아내는 나무처럼

결코 한평생에 살생이란 없다.
벌레부터 사람까지 만 생명 품어 길러도
은혜를 갚으라 하지 않고
오직 태양의 은총만을 기다리며
빛이 육신이 된 나무처럼

나무처럼, 그 나무처럼…

마로니에 나무 앞에서

이십 년 전 그 가을날
나는 한낱 작은 성공에 취해
그저 나무였던 당신을 유심히
바라보지 아니하였습니다.

그 해 가을 부지런한 열매를
내 곁으로 떨어뜨리는
당신의 수고를
알지 못하였습니다.

그로부터 이십 년 후
그때 그 가을날보다
두 배 세 배는 더 자라
여전히 그 자리 그대로

마로니에 열매를 부지런히
떨구고 있는 당신을
이제는 경건한 자세로
아득히 올려다봅니다.

이곳저곳 헤매다
이제야 이곳에 다시 선
나의 작은 모습을 당신은
지긋이 내려다보십니다.

나는 세상을 정처 없이
헤매었는데 당신은
참으로 끈덕지게 이곳을
지키고 계셨습니다.

참 감사하고 고맙습니다.
당신께서 저처럼 황망히
옮겨 다니지 않으시고
한 자리를 굳게 지켜주셔서.

참 부끄럽고 애석하오이다.
이십 년 동안 정처 없이
헤매고 방황한 시간들과
남겨진 이 왜소함이.

그러나 참으로 다행입니다.
이제라도 여기 겸손히 서서
당신보다 훨씬 작아져 버린
내 모습의 진실을 발견할 수 있어서.

그리고 더욱 고맙습니다.
포기치 않고 저를 기다려주시고
이 순간 영원처럼 불변하는
포근한 위로를 안겨주셔서.

덕유산 주목

朱木

산은 어머니 젖가슴 같은 덕산인데
너를 보아하니 네 어미는 닮지 않고
추상같은 네 아비만 닮았구나.
이미 죽은 지 족히 천년 가까운
네 잔해를 보노니
저는 북풍 모진 겨울바람을 견디려
그 몸을 더욱 날카롭게 세웠구나.
서릿발보다 날선 비수 같은 네 몸으로
감히 저 높은 하늘을 찔러
이 넓은 하늘이 저리도 새파래졌느냐.
죽어서도 꼿꼿한 영혼
그 무언의 호통에 놀라고
죽기 전에 이미 수십 번 누워 버린
내 모양이 부끄러워
주섬주섬 배낭을 챙겨
어머니 젖가슴 같은 그 산을
그저 황망히 내려온다.

감나무

네 속은 필시
매끄러운 여인의 속살을
깊이 품고 있었던 게야.

소소한 가을바람 마른 잎 사이로
살짝살짝 내보이는
탱글탱글 그윽한 저 유혹들.

네 속엔 필시
선홍빛 붉은 피가
날마다 솟구쳐 올랐던 게야.

무수한 가을 서리 칼날을 맞아
상처 난 네 팔뚝마다
방울방울 맺힌 저 핏방울.

너는 필시 전생에
깊은 산중에서 입적한
늙은 선사禪師였던 게야.

있는 듯 없는 듯 고요히
홀로 높은 도道 닦다가
불꽃처럼 쏟아진 저 사리舍利들.

늙은 꽃

허리가 잘려 꽃병에 꽂힌
말라가는 꽃에 나는 오늘
잠깐 시간을 내어
한 움큼의 물을 준다.
오래되어 볼품이 없어진
그러나 한때 벌이며 염소들을 양육했을
생명의 근원 앞에 겸허한 예를
잠시나마 표한다.
물기 있는 몇 장의 이파리를
떨어질세라 조심조심 피해
말라비틀어진 죽은 이파리 하나를
간신히 뜯어낸다.
늙은 꽃이 시원하다며
힘겹게 웃는다.
나 역시 속에서 치밀어 오르는
연민을 억누르고
있는 힘을 다해 웃는다.
화단의 생생한 꽃처럼
다시 한 번 피어오를 가망이 없는 줄을
나도 알고 꽃도 알지만
나는 머뭇거리다 꽃에게
다시 생생히 피어오르라고,

피어오를 수 있다고 말을 건넨다.
꽃이 내 눈을 응시한다.
나는 헛말임이 들켜질까봐
얼른 눈을 돌린다.
가슴이 두근거린다.
축 늘어진 꽃잎들이 갑자기
칼날처럼 곤두서서 내 뺨을 후려치고
가슴과 심장에 꽂힌다.
아픈 마음을 감추고 힐끗
꽃을 다시 훔쳐본다.
늙어 힘이 다 빠진 꽃이 오히려
연민의 눈으로 나를 바라본다.
꽃병의 꽃이 아예 없어지거나
화단의 생생한 꽃이었던 때가
더 나은 것 아닌가를 생각한 나는
골고다에서 십자가형을 당한 예수의
옆구리를 찍은 군병이 된 느낌에
스스로 소스라치게 놀란다.
상자에 갇힌 고양이와 다를 바 없는
꽃병의 시든 꽃 한 송이가
오늘 내 회칠한 껍데기를
준엄히 벗겨낸다.

당산목처럼 서 계시소서.
전쟁 통에 잃은 아들 돌아오라 비는 할미도
가을 들녘 풍년 오라 소원하는 어르신도
아들 하나 점지해 달라 하는 아낙네도
마을 사람 마음마음 모두 품에 안아
우는 얘기, 웃는 얘기 말없이 들어주는
항상 그렇게 넉넉한 당산목처럼
우리와 함께 우뚝 서 계시소서.

당산목처럼 늘 계시소서.
할아버지의 할아버지도 그 그늘 아래 쉬었고,
아버지와 삼촌도 그 나무 아래 뛰놀았으며,
손자의 손자도 그 낙엽 모으며 장난치리니
마을의 처음과 끝 모두 알고 있는 듯
수많은 지혜의 이파리 해마다 돋아나
항상 그렇게 변함없는 당산목처럼
늘 이곳 지키며 서 계시소서.

당산목처럼 크게 계시소서.
온갖 잡귀 들어오다 놀라서 달아나고,
큰바람도 불어오다 당산목에 비켜가고,
오직 풍년 들어 마을 사람들 쇳소리로 제 올리니
옳은 것과 그른 것, 선한 것과 악한 것
범접치 못할 웅장함으로 스스로 참회케 하는
항상 그렇게 거룩한 당산목처럼
늘 이 마을의 기둥으로 서 계시소서.

참으로 합당하다.
그 모습은 귀공자처럼
단아하고 의젓하니
그 앞에 서면
내 마음 단정해진다.

참으로 합당하다.
그 성품은 선비처럼
꼿꼿하고 깨끗하니
그 솔바람 맞으면
귀 밑 가 서늘해진다.

참으로 합당하다.
사람들은 거짓을 떠들지라도
평생 조용한 침묵으로 늘 푸르니
그를 생각하면
내 양심 숙연해진다.

참으로 합당하다.
사람들은 욕심으로 남을 해치기도 하나
평생 무욕으로 한 줌 햇빛에 만족하니
그 소박함 앞에
내 오만한 마음 겸손해진다.

참으로 합당하다.
옛적 어느 임금이 하사했다던
정이품 높은 직위
그 직위 아니더라도 이미 그대는
그 어느 사람보다 더 높고 더 크다.

네 이름이 참나무라 하였느냐.
네가 진정 진리의 나무였느냐.
그런 네가 어찌하여 속이 썩었느냐.
어찌하여 텅 비어 영혼까지 잃어버렸느냐.

지금은 남겨진 껍데기만 가지고
힘겹게 애쓰며 버티고 있구나.
안간힘을 다해 몇 개 남은
푸른 이파리를 그래도 달고 있구나.

속이 비어 허기져 있는데
텅텅 비어 공허한데
참나무가 아니라 헛나무인데
진리의 이름만 남았는데.

난초

너의 청초한 모습
보기를 원하였으나
깊은 산중에 숨은 널
찾아낼 길이 없구나.
발길 닿지 않은
깊고 깊은 계곡
곱게 씻긴 정淨한 모래
디딜 만큼 자리에 깔고
가냘픈 손마디 바위틈에 내민 채
몰래 내리는 새벽이슬 기다려
비로소 출렁이며 춤을 추나니
아무도 너를 보지 못해도
황금빛 꽃을 피우는구나.
아무도 너를 찾지 않아도
천상의 향을 풍기는구나.
누가 너를 볼 수 있겠느냐.
누가 너를 찾을 수 있겠느냐.
오로지 마음이 깨끗한
선인善人 외에는.

연꽃

너는 대체 어떤 운명이기에
저 혼곤한 심연의 밑바닥에
인연의 긴 뿌리를 팽팽히 처박고
몸부림치며 울고 있느냐.

겹겹이 부드러운 꽃잎
뉘에게 보일세라 깊이 감추고
어찌하여 계명啓明의 별빛이
쏟아지기까지 참고 있는 것이냐.

속으로 흐르는 눈물
꽃봉오리까지 차오르는 것은
진흙 같은 세상을 푸른 물로
모두 덮어버릴 심산이더냐.

염화에 미소 짓듯
네가 기뻐하여 꽃 피는 그날
진흙 같은 영혼들이
찬란한 화엄華嚴의 반열에 오르리니

연꽃이여 피어나라.
꽃피고 꽃피어 세상을 덮으라.
한 뼘도 남김없이
네 여린 꽃잎으로 온 땅을 덮어
이 세상을 성화聖化하라.

꽃보라 흩날린다

억지로 기뻐하려고 애쓰지 말자.
억지로 슬퍼하려고 애쓰지도 말자.
바람의 무게와 바닷물의 내리누름이
그 어디에 따라 그러하듯이
마음속 천근의 무게도
한 발짝이면 구름이 될 것을
여기 서 있는 자리에
흙 속에 발이 파묻히고
무릎에 물이 차올라도
지금은 여기에 이렇게 있어야 한다.
겨우내 부동자세로 거리 한 모퉁이를 지킨
저 육중한 왕벚나무도
천지의 운행을 기다려
지금 저렇게 하얗고 복스러운
함박웃음을 벌여놓고 있으니
언젠가 그 야들한 꽃잎처럼
가볍게 바람을 타며
웃음 띤 얼굴들 위로
날아가는 꿈을 꾼다.
향긋한 바람이 내 얼굴 위로 불고
꽃보라 흩날린다.

꽃무릇

누가 그리 하염없이 그리워

핏기 어린 긴 속눈썹

저리 파르르 떠는가.

누가 그리 사무치게 그리워

가는 허리 잠시라도 눕지 못하고

수절하는 여인네처럼

저리 꼿꼿이 서 있는가.

바람 불어 꽃대 흔들리면

혹 쓰러질까 너는 울고

빗물 들어 꽃잎 떨어지면

내 님 못 알아볼까 내가 운다.

바람처럼 스치는 가을 햇볕

이 꽃잎 다 지기 전에

내 님 만나야겠는데

소소한 가을바람에

꽃잎 한 장 떨어진다.

나 오늘 그대에게 꽃을 드리네.
붉은 장미, 흰 백합, 노란 복수초,
점점이 눈가루 같은 안개꽃까지
한 다발 바구니에 가득 꽃을 드리네.

가시 돋친 영혼들 온 몸으로 받아
피 값으로 향기 짙은 붉은 꽃 피워내
천상의 제단에 바치라고 꽃을 드리네.

땅에 파묻혀 먼지처럼 사는 인생
보듬어 깨끗이 깨끗이 씻고 씻겨
흰 꽃잎처럼 흠 없이 만들라고 꽃을 드리네.

이름 없이 스러져갈 연약한 생명들
정금 같은 진리의 옷으로 덧입혀
영원한 동산에 이끌어 가라고 꽃을 드리네.

죽기까지 헌신하는 종의 일생
하늘과 사람 위해 자신을 버리는 반생애
작지만 점점이 하늘기쁨 누리라고 꽃을
드리네.

나 오늘 그대에게 꽃을 드리네.
붉은 장미, 흰 백합, 노란 복수초,
점점이 눈가루 같은 안개꽃까지
한 다발 바구니에 눈물 가득 꽃을 드리네.

준경묘 미인송
濬慶墓 美人松

꼭 가보고 싶은 그곳
그러나 아득히 멀고 먼
삼척시 미로면 활기리
깊은 두타산 자락
신령한 기운 엉기어
스물일곱 제왕이 일어선
명당 중의 명당이로구나.

꼭 보고 싶은 그 나무
그러나 아득히 높고 곧은
준경묘 정부인 미인송
가장 신령한 그곳에
뿌리 깊게 터 잡아
가장 빼어난 소나무로 간택된
나무 중의 나무로구나.

꼭 이루고 싶은 하늘 뜻
그러나 알 듯 말 듯 숨겨진
역사와 사명의 인드라망
새 천년 열리는 벽두에
오월의 신부가 되어
정이품송과 맺은 인연
운명 중의 운명이로구나.

꼭 받들어야 할 운명의 무게
그러나 차마 말할 수 없는
백우百牛와 금관金棺의 전설
바늘잎 한 땀 한 땀마다
창업의 큰 기운 수놓으며
지키어 서 있는 그대의 꿈은
뭇 초목의 바람 중의 바람이로구나.

어느 간벌목의 間伐木 마지막 편지

난 이제 내 소임을
다 했나보오.
지난 이십 년 동안
당신 곁에 나란히
바람 불면 손잡고 춤추고
비 오면 가지 뻗쳐 우산 씌우고
좋은 친구가 되어준 그대
고마웠소.

나는 지난번 그대 몸에
금줄을 그어놓고 간 산간수가 왔을 때
그때에 깨달았소.
그대가 이 산을 지켜줄
미래목未來木이란 것을.
진심으로 축하하오.

마침내 오늘 새벽부터
저 산등성이 너머에서
기계톱 소리가 들리오.
나는 오늘이 그대와 영영
헤어지게 되는 날이라는 걸
삭풍에 떨리는 내 가지 끝으로
알게 되었소.
내가 희생목犧牲木이었다는 걸
깨달았소.

그러나 친구여,
날 위해 울거나 아쉬워하지 마시오.
그대는 남고 나는 베어지는 건
절대로 그대의 잘못이거나
나의 허물이 아니기 때문이요.
그건 오로지 우리들 주인의 선택
우리가 관여할 수 있는 것이 아닌 것을.

기계톱 소리가 가까워지고 있소.
진동이 느껴지오.
난 떨고 싶지 않으오.
그러나 바람 때문인 것은 어쩔 수 없소.
향기로운 이 바람 냄새
나는 죽어도 내 나뭇결 속에
이 바람을 간직하려 하오.

그리고 친구여,
마지막 한마디 들어주오.
부디 더 크고 우람히 자라
이 산을 굳건히 지켜주시오.
그리고 내 그루터기
볼품없이 말라버리겠지만
그대 옆에서 함께 자랐던
그 그루터기를 기억하시오.
수많은 희생목이 있어
이 멋진 숲이 이루어졌다는 것을
숲에 그대로 기록으로 남기게 해 주시오.
부탁하오, 내 친구여.

다만 잠잠할 따름

벗나무 꽃이 그리 화사하여도
은행나무 열매 비록 탐스러워도
측백나무 기둥 심히 보배로워도
이 모든 아름다움이 뿌리로부터 시작되나니
보이는 것들은 보이지 않는 근원 앞에
다만 잠잠할 따름

소양호 가둔 물 깊고 넓어도
천제연 폭포 소리 우렁차더라도
한강의 물줄기 도도하여도
이 모든 생명수가 땅속으로부터 시작되나니
보이는 것들은 보이지 않는 근원 앞에
다만 잠잠할 따름

바람은 불어오나 지나가는 것
계절은 바뀌나 대지는 그대로인 것
세상은 소란하나 자연은 여전한 법
모든 떠나가는 존재들은 변함없는 섭리의
은혜이나니
지나가는 것들은 불변하는 근원 앞에
다만 잠잠할 따름

문명의 기억마저 아득한

5천 년 전

너는

어떤 생명도 살아본 적 없는

북미北美의 화이트White산

해발 삼천 미터 위에

가녀린 작은 씨 하나로

생명의 싹을 틔웠다.

흙도 없는, 산소마저 희박한

죽음의 산에서

너는

눈 녹은 물 외엔 마실 것 없는

극도의 메마름 속에

무수한 눈보라와 뙤약볕을 견디는 동안

너의 생체시계生體時計는

고통의 시간만큼 무한히 늘어났다.

• 세계에서 가장 오랫동안 살아있는 나무로 수령이 최고
  4800년에 이른다.

하늘이 준 시련을

하나도 내어 버리지 아니하고

너는

눈으로 셀 수조차 없는

5천 장의 나이테로 켜켜이 쌓아

세상 어떤 산 것보다

더 질기고 더 강하게 되어

마침내 숭고한 영생永生의 기적奇蹟을
이루었다.

순천만 갈대

오늘은 다행히
바람이 불지 않았다.
정지화면처럼
수많은 갈대들이
부동자세로 까치발을 한 채
먼 곳을 일제히 응시하고 있었다.
물은 숨죽이듯 흐르고
청둥오리 한 마리
갈대숲 사이에 숨어 있었다.
매일 뜨겁게 비추던 태양도
하늘을 덮은 구름 속에 숨고
흑두루미 떼 서너 줄
흐린 하늘에서 맴돌았다.
오늘은 다행히
이렇게 하루가 갈듯 하다.
내일은 어떤 바람이 불고
또 어떤 태양이 떠오를지
갈대들도 가늠할 수 없었다.

바람이 불면 출렁이고
해가 뜨면 부지런히
물을 빨아들여야 하는지는
이미 잘 알고 있었다.
갈대들은 오래된 눈물을 잊은 듯
바싹 말라 있었다.
짧은 가을이 지나고
긴 겨울도 지나면
생생해진 갈대들은 드넓은 개펄에서
다시 춤을 출 것이다.
짠 물이 밀려와도
민물이 밀려와도
갈대들은 살아가는 법을
이미 알고 있기 때문이다.

水菊 수국
剛松 강송 곁에 피다

들판에 흐드러진 수국水菊을
그 누가 아름답다 하였는가.
여기,
수많은 초목과 들꽃 한 마음에 품어
천국보다 아름다운 꿈을 지상에 피어내는
수국 중의 어여쁜 참 수국이 있다.

산등성이 뻗어 오른 금강송金剛松을
그 누가 우람하다 말했는가.
여기,
용광로같이 뜨거운 가슴 솟구쳐 올라
정금처럼 담금질 되어 하늘을 떠받치는
강송 중의 가장 든든한 금강송이 있다.

생명을 가진 모든 것들아
어찌 즐거이 뛰놀지 아니하겠는가.
오늘,
참 금강송 곁에 참 수국 곱게 피어
청명한 솔향기, 감미로운 꽃향기
온 산과 들에 이리 가득 퍼지고 있는데…

山
·
林

산을 오르며

등산화 끈을
단단히 조이고
이른 새벽 산에 든다.
새벽의 숲은
밝아지는 세상이 궁금하여
먼저 잠에서 깨서 수런거린다.
밤새 어둠을 호흡한 잎사귀들이
지친 땀방울에 흥건히 젖었다가
새벽바람에 팔랑팔랑
일제히 귀를 쫑긋 세운다.
새 날이 밝아도
산은 여전히 기울어 있고
흙은 어제처럼 거친데
나무들의 초록빛은
어제와 다르게 사뭇 싱그럽다.
비탈진 산에도 나무들은
어제보다 더욱 곧다.

곰배령

그곳은 정녕 신神이 사는 땅
죄 있는 자 범접치 못할 거룩한 성전
천국으로 향한 새하얀 오솔길을
참회하듯 숨죽이며 삼가 오른다.

오솔길 옆 산대나무 잎사귀들은
잔설에 손 씻고 떨며 기도하고
일제히 일어선 서어나무 신갈나무들
휘파람 피리 맞춰 성가 부른다.

신전의 열주처럼 도열한 전나무들
새파란 하늘지붕 든든히 받쳐 섰고
흰 면사포 살포시 쓴 낮은 관목들
수녀처럼 엎드리어 경배 올린다.

천지가 합일한 눈부신 제단
하늘에서 부는 준엄한 칼바람에
영혼과 골수에 깊이 박힌 죄
모두 모두 낱낱이 씻겨 날린다.

눈처럼 깨끗해진 영혼을 받아
다시금 세상으로 내려가는 곳
이곳은 죄 많은 이도 신성해지는
은혜의 땅 신의 성전 곰 · 배 · 령!

아, 천지여!

백두여!

태초에 하늘 열리고
온 땅이 요동칠 때
하늘에서 내린
하느님의 정수 받들려
세상 모든 산들이 일제히 일어나다
오직 한 곳 점지받은 이곳
아! 백두여!
여기서 비로소 우리 땅이 시작하고
한반도는 오롯이 신령한 땅이 되었구나.

아득한 옛적 오천 년 전
우리 모두의 한 아버지
박달나무 대왕께서
이 백두의 천지 배알하고
세상의 모든 인간 널리 이롭게 할
하늘의 큰 뜻 품은 이곳
아! 천지여!
여기서 비로소 우리 민족이 시작되고
순하고 순결한 하늘 족속 되었구나.

또 그 옛날 이천 년 전
중국의 제국에 맞섰던
환도성의 저 임금은
솥발처럼 일어선 백두의 기개를
드넓은 만주벌판에 뻗쳐 내달려
하늘의 그 뜻을 실현시킨 이곳
아! 광활한 만주여!
여기 이 터전에서 우리가 말 달렸고
이 땅을 지켜 천년 제국의 터 닦았구나.

그로부터 칠백 년
동모산에서 일어난 창건의 새 기운
해동의 대 황제는
연해주까지 그 뜻을 펴고
세상이 모두 부러워할 성국 이루어
그 이름 다섯 길로 천하에 떨친 이곳
아! 찬란한 역사여!
여기 천지의 물줄기가 적신 탐스런 땅에서
우리가 주인 되어 수많은 민족 끌어안았구나.

그로부터 천 년
잃어버린 나라 다시 찾으려
만주벌판에 모여든 정겨운 얼굴들
영웅은 제국의 심장을 겨누고
장군은 청산에 적들을 묻고
청년은 북간도의 별을 세며 시를 쓰던 이곳
아! 고난의 민족이여!
여기 천지의 물 흐르는 해란강 가에서
조국의 영광을 꿈꾸며 선구자 되어 스러졌구나.

그들이 스러진 지 70년
세계 10대 경제대국 이룬 오늘
다시 이곳 찾아온 우리
백두산을 보며 통일을 꿈꾸고
천지 물에 몸 적시며 민족을 느끼고
만주의 옛 성 누비며 번영을 다짐한 이곳
아! 조국의 미래여!
여기 남도에서부터 철마 타고 초인처럼 내달려
유라시아 대륙을 하늘 뜻대로 부흥시킬
그 찬란한 때가 도래하였구나.

푸른 초장
草場

들짐승 우는 루스 광야
돌 베개에 머리 누인 야곱
잠 못 드는 험난한 그 밤에도
그는 하란의 푸른 초장을 꿈꾼다.

음침한 아둘람 굴 속
사울의 칼을 피해 숨은 다윗
내일이라도 잡혀 죽을 그곳에서도
그는 여호와 집의 푸른 초장을 노래한다.

갈보리의 십자가
주님 우편에 매달린 강도
물과 피를 다 쏟는 그 순간에도
그는 주가 약속한 낙원의 푸른 초장을
소망한다.

그 숲에 들면 그 소리 들린다.
짙푸른 동해바다 파도소리
모래사장 뒹구는 빈 소라 바람소리
백담사 처마 밑 풍경소리
늙은 선사 나지막이 경經 읽는 소리.

그 숲에 들면 그 향내 느낀다.
촉촉이 적셔오는 경포호 물 향내
가슴 가득 채워오는 들국화 향기
산골처녀 머리 감고 난 비누 냄새
텅 빈 절간 은은히 향 피우는 냄새.

그 숲에 들면 그 빛깔 보인다.
수줍게 숨어있는 산수국의 보랏빛
맑은 동해물 너울거리는 옥색 바다 빛
들판에 김매는 젊은 농부의 황토색 살빛
저녁 하늘 장엄히 드리운 주홍 구름 빛.

숲의 대양_{大洋}으로

보이지 아니한가.
대지大地의 심장에서부터 솟아올라
끝없이 굽이쳐 흐르는
저 산의 물결이.

느끼지 아니한가.
수백억 나무들이 어울려
너울너울 춤추며 넘실대는
저 숲의 바다를.

깨닫지 아니한가.
억만 년 생명진화의 비밀
깊이깊이 감추고 있는
저 지혜의 심연深淵을.

설레지 아니한가.
만선滿船의 꿈을 안고
숲의 대양大洋을 향해 떠나는
저 힘찬 항해航海가.

향일암 가는 길
向日庵

향일암 가는 길
비는 촉촉 내리고
비옷도 우산도 없이
바람에 몸을 맡긴다.
길가 천막 친 가게
수더분한 아지메들
밥 짓는 솥 아래로
연기 나직이 깔린다.
바윗길 높은 관음전
내려 보는 남해바다
짙은 물안개 뭉게뭉게
천지 모두 자욱하다.
굵은 빗물 한줄기
죽비처럼 목덜미를 치고
어지러이 달아오른 마음
서늘히 식혀준다.

전쟁터에서 발견된
이름 모를 병사의
철모를 닮은 그대는
지금도 모슬봉의 숲과
사계리沙溪里의 너른 벌판을
침묵하며 응시하고 있다.

육십 년 전 그날에도
하루에 이천 명씩
또는 팔천 명까지
죽음의 전장으로 떠나기 위해
화순和順 해변에 모였던 젊은 병사들을
장엄하게 지켜보았을 것이다.

이십만 명이 넘는 젊은이들의 구령소리
죽어갈 영혼들의 떨리는 고함소리
전장에서 스러져간
무수한 이등병 계급장들이
그대의 몸 곳곳에
비석처럼 새겨져 있다.

태양은 빛나고

라다크의 태양은 눈부시게 빛나고
흑두루미 한 마리 아득히 나는데
저 남녘 높은 곳 희게 빛나는 것은
산인가 구름인가.
또 그 아래 옥같이 흐르는 것은
강인가 은하수인가.
등불 같은 큰 별들 쏟아지는 이곳은
정녕 땅인가 하늘인가.
히말라야 설산 비껴 부는 찬바람
폐부 깊이 속속들이 박히고
깊은 속 웅크린 내 영혼
온 몸의 혈관 따라 용솟음친다.
만년설 녹은 인더스강 상류
외딴 곰파 오르는 돌 계단길
한 계단 올라서서 큰 숨 한 번 내쉬고
또 한 계단 올라서서 세상 집착 뱉어낸다.

녹황색 아롱진 포플러 나무들
그 숲에 묻힌 아늑한 레Leh여!
등 뒤엔 곤륜산맥 눈앞엔 히말라야
장대한 산맥과 천신의 보위 받아
소와 개와 야크조차 주인 없이 평화롭다.
라다크의 태양은 빛나고
등짐진 소녀의 눈망울은
판공초 호수보다 맑다.
라다크의 태양은 빛나고
조Jo를 모는 청년의 미소는
설산에 반사되는 눈빛보다 순진하다.
라다크의 태양은 빛나고
곰파 회벽 위 승려들이 부는 나팔소리는
히말라야의 바람소리보다 깊다.
라다크의 태양은 빛나고
세상에서 가장 강렬한 이 빛은
여기 사는 모든 것들의 어둠을
남김없이 걷어낸다.
라다크의 태양은 빛나고…

• 인구 5만의 라다크 주도(州都)
•• 소와 야크의 교배종으로 라다크 지역의 주요 축종

그곳엔 아직도 · 아름다운 숲이

저를 구름이라 하신다면
당신은 산이라 부르겠습니다.
구름에 왜 왔느냐 물으신다면
산에 기대고 싶어 왔다 말하겠습니다.
그럼 왜 흘러가느냐 물으신다면
제가 가리고 섰던 산의 포근함을
만물에게 보여주려 함이라 말하겠습니다.

저를 잎사귀라 하신다면
당신은 나무라 부르겠습니다.
잎사귀에 왜 피어났느냐 물으신다면
나무가 본디 싱그러운 존재임을
보여주고 싶어서라 말하겠습니다.
그럼 왜 낙엽 되어 떨어지느냐 물으신다면
한 줌 거름 되어 그 싱그러운 은혜에
참예코자 함이라 말하겠습니다.

저를 시내라 하신다면
당신은 숲이라 부르겠습니다.
시내에 왜 샘솟느냐 물으신다면
숲의 풍요함에 복받쳐
참을 수 없었음이라 말하겠습니다.
그럼 왜 흘러가느냐 물으신다면
그곳엔 아직도 아름다운 숲이 그대로 있노라고
모든 이에게 전하고 싶음이라 말하겠습니다.

소광리 숲
素廣里

아침 물안개 살포시 걷히면
흥건히 젖은 반라의 목신木神들
그윽한 향내 그 유혹에 끌리어
나는 오늘 소광리에 간다.

생으로 붉은 마음 죽은 듯 감추고
꾹꾹 눌러 삼킨 수많은 세월들
정금精金같이 두른 그 속내 보고파
나는 오늘 소광리에 간다.

오백 년 버티어선 장군나무 호령 아래
기라성같이 들고 일어선 전사들의 위엄
격문檄文처럼 우렁찬 그 함성 듣고자
나는 오늘 소광리에 간다.

• 경북 울진군 금강송면 소광리에 있는 평균 수령 150
년의 우리나라 최대 금강송 군락지. 약 1600ha의 소나
무숲이 1959년부터 산림유전자원보호림으로 보호되
고 있다.

청산별곡

오전의 햇살 밝은 아침엔
그림을 그리리라.
황금빛 태양을 물감 삼고
검푸른 바다를 먹물 삼고
하이얀 하늘을 캔버스 삼아
한 폭의 수채화를 그리리라.
솜털 같은 구름 붓으로 삼아
푸른 물 뚝뚝 듣는
수채화를 그리리라.

초승달 뜬 어스름한 저녁엔
노래를 부르리라.
산등성이 늘어선 장송들을 악보 삼고
돌돌돌 흐르는 시냇물을 반주 삼고
휘휘휘 바람소리 삼중창 화음 삼아
한 곡조 그리운 사랑노래 부르리라.
저 앞산 밤 쑥국이 혼자 울거든
그 박자에 화답하여
내 영혼 깊은 노래 흥겹게 부르리라.

장성 숲 어느 날

내 이런 날이
올 줄 알았다.
그래 반드시
올 줄 알았다.
아름드리 편백나무
빽빽한 가지 사이에
뭉게뭉게 피톤 향기
가득 번지는 날이.

그래 이런 날이
반드시 올 줄 알았다.
황토 빛 삼나무 거목들
사이사이 평상에 앉아
평생 쌓인 죽음의 분진
깊은 호흡으로 씻어내려
수많은 병든 인생들이
이 맑은 숲을 찾는 날이.

그래 이처럼 아름다운 날이
반드시 올 줄 알았다.
하늘은 파랗고
흰 구름 흐르는 날
울긋불긋 옷 입은
어여쁜 사람들이 가득히
편백숲 아래 울려 퍼지는
오보에 선율에 가슴 저리는 날이.

그 옛날 축령산 황무지
흙바람 맞으며
편백나무 어린 묘목
눌러 심던 그때부터
가슴에 품고 앓았던
영롱한 꿈 사리들
단 이슬로 내리는 그 어느 날이
꼭 올 줄 알고 있었다.

• 장성의 편백숲은 고 임종국(1915~1987년) 독립가가 1956년부터 사
재를 털어 장성군 축령산 일대 민둥산 570ha에 약 280만 그루의 편
백을 심어 가꾼 숲으로 지금은 국가(산림청)가 관리하고 있다.

죽은 소나무들을 위한 조시(弔詩)

소나무야, 소나무야,
한반도 백의민족
생떼같이 장성한 우리
아들 같고 딸 같은 소나무야!
푸르디푸른 바늘잎 꽂고
백두대간 철통방어
백만대군 이루어
늠름했던 소나무야!
삼천리 금수강산
계곡마다 절벽마다
붉고 곧은 몸매 자랑하던
아름다운 소나무야!
민족의 자부심 우리의 영혼이던
너희들이 어찌하여
저리 처참히 메말라
비닐 수의 덮어쓰고
무더기로 누워버렸느냐.
왕릉을 지키려던 장군송의 꿈도
천년고찰 수놓을 미인송의 꿈도
저 희번덕거리는 비닐 수의 속에
어찌하여 산산 조각내 버리고 만 것이냐.

내 아들아,

내 딸들아,

미안하고 미안하다.

너희들이 죽지 않아야 이 땅이 살고

너희들이 살아나야 이 민족이 살 터인데

너희들이 이 땅의 참 주인이고

너희들이 이 민족의 영혼일진대

오늘 너희들을 잃어버려

민족혼을 잃게 되고

오늘 너희들을 죽게 하여

민족의 미래를 잃는구나.

삼가 조문하고 목 놓아 부르노니

너희들 기상은 죽지 말고 다시 살아

이 땅과 이 숲을 다시 푸르게 하라.

이 나라 이 민족을 다시 푸르게 하라.

숲은 오늘도 입을 다문다.
나무들은 매서운 겨울바람에도
다 헤진 상복을 그대로 입고
죽은 동료의 시신 옆에서
부동자세로 묵념을 한다.
녹색의 비닐 수의만이
지난날 상록의 찬란했던 추억을
어렴풋이 나타내줄 뿐이다.
살아있어도 산 게 아니다.
울울창창 천년송의 장엄한 꿈도
단 몇 년 안에 저리 벌겋게
말라비틀어질 터이니.
보이지 않는 재선충이란 놈들은
알지 못하는 사이 어찌
이리 많이도 번졌을까.
깨끗한 산소를 뿜어내고
새와 짐승을 키우느라

이 바닥에 처박혀 애쓰기만 했는데
어찌 이런 천형을 받았을까.
무덤으로 변한 이 숲에
정말 희망은 있는 걸까.
이제는 별반 도움이 안 되는 햇살만이
이 숲을 측은히 어루만지고
나무들은 햇빛의 은혜를 잊은 채
오늘도 고개를 숙이고 침묵한다.

文藏臺 문장대

첩첩겹겹
산줄기

타래타래
실개천

몽실몽실
흰 구름

거침없는
마파람

사려니숲

그곳은 최후의 보루堡壘
하얀 아침 안개 장막을 들추면
삼엄하게 도열한 삼나무 경계병들
그 거인들 가랑이 사이에 서면
들리지 않는 호령소리에
숨이 멎는다.

그곳은 비밀의 정원庭園
온 숲을 휘감은 숲의 정령들과
혼절하듯 극열의 순간을 나눈
촉촉한 나무기둥 그 표피마다
뿜어져 나오는 진한 향기에
넋을 잃는다.

그곳은 지존의 성소聖所
신령한 숲의 노인들이
빛과 물과 대기의 덕을 이야기하고
대지와 우주와 생명을 노래하는 곳
그 두런두런 미세한 신의 소리에
세상을 잊는다.

光陵 광릉 전나무 숲

참으로 우람하구나.
아득히 곧은 너희 골격은
속세에 뒹구느라 어느새 굽어진 내 척추脊椎와
그 부끄러운 등짝에 내리쳐진 죽비竹篦들.
거기 딱따구리의 청아한 탁목啄木 소리는
삼천계三天界에 울려 퍼진 기원祇園의 금강법어
金剛法語.
아직도 잔 욕심에 귓속이 먹먹한데
잡념 가득한 내 머릿속에 통렬히 울려온다.

아프게 찌르는구나.
지금도 까칠한 너희 피부는
육백 년 통틀어 가장 무서웠던 왕王과
그 소름 돋듯 솟아난 역사의 편린片鱗들.
거기 스쳐 부는 날카로운 강쇠强素바람은
면면히 곧추선 사림士林의 춘추직필春秋直筆.
아직도 무더위에 정신이 혼미한데
땀에 흥건한 내 등줄기에 서늘히 그어진다.

어둑히 푸르구나.

틈 없이 돋아난 너희 잎새는

잃어버린 에덴을 꿈꾸는 첫 남자의 아픈 늑골肋骨과

그 원죄原罪로부터의 추락을 박차고 오른 생명生命들.

거기 쩡쩡거리며 추락하는 낙지落枝의 형세는

버티다 끝내 부러진 환도環刀뼈의 축복서약祝福誓約.

아직도 세상은 빈 듯 공허한데

지쳐 허기진 내 가슴에 한가득 안겨 온다.

천리포 연가 戀歌

내 가슴 빈 언저리
수평선 너머
밀크 빛 해무海霧 아득히
번져 오는 날엔
아름다운 천리포로
달려가겠네.

그 적막한 모래사장
아늑한 해변
물새들 내려앉는
낭새섬 개펄에
얕은 발자국 남기며
걸어가겠네.

차가운 바닷바람에
쓸쓸해지면
백목련 곱게 피어
물빛에 어린
수목원 연못가에 오래
앉아있겠네.

수만리 먼 이국

천리포 벽촌

목련 아래 뼈 묻은

벽안碧眼의 푸른 영혼

그리워 핀 꽃향기 가득

빈 마음에 품어가겠네.

• 충남 태안 천리포에는 바다에 인접한 천리포수
목원이 있는데 한국으로 귀화한 미국인 민병갈
(미국명 칼 밀러, 1921~2002)씨가 이를 조성한
후 사회에 기증했다.

시오름 연가 戀歌

끝도 없는 저 바다 건너
뜨거운 남풍 부는 날엔
나 그대 손목 꼭 잡고
시오름 숲에 들고 싶소.
헐렁한 갈적삼 홑겹 한 장
누더기 옷이라도 그냥 좋소.
나 그대 고운 숨소리 들으며
산도록 숲길 호젓이 지나면
더위에 지친 내 마음
어느새 선선해질 터이요.
나 또 그대 풀 향기 느끼며
가베또롱 돌담길 쉬멍 거닐면
바윗돌 같았던 내 맘도
민들레처럼 가벼워지겠소.

끝도 없는 저 바다 건너

뜨거운 남풍 부는 날엔

나 그대 손목 꼭 잡고

시오름 숲에 쉬고 싶소.

소박한 차롱에 두어 개 담긴

보리 주먹밥이라도 그냥 좋소.

나 그대 옷자락 스치며

오고생이 숲에 나란히 앉으면

저 깊이 감추어 두었던 내 진심

그 맘 그대로 당신께 전해질 터이요.

나 또 그대 꽃 같은 얼굴 보며

벤조롱 숲속에서 입 맞추면

그대와 나 처음 만났던 청춘의 때

그 아득한 때로 돌아가지겠소.

끝도 없는 저 바다 건너

뜨거운 남풍 부는 날엔

나 그대 손목 꼭 잡고

시오름 그 숲에 가봐야겠소.

• 제주도 서귀포시 산록남로 2271번지에 위치한 오름. 서귀
　포시는 2016년 6월에 '치유의 숲 시오름'을 개장했다.

당신의 이름은 무엇인가요

당신의 이름은 무엇인가요.
선뜻 제 가슴에 스치는
바람인가 봅니다.
속이 텅 빈 고목같이
서 있기만 한 제 몸이
그저 바람에 흔들리기만 합니다.

당신의 이름은 무엇인가요.
아마 그 바람에 흩날리는
낙엽인가 봅니다.
붉은 단풍으로 물들려면
아직도 시간이 남았는데
세월의 강물에 처연한 모습으로
흘러가기만 합니다.

당신의 이름은 무엇인가요.
분명 그 낙엽에 물든
책갈피인가 봅니다.
오래된 일기장 속
누군가 그리워 꽂아 둔 추억 속에
아스라이 잠겨들기만 합니다.

自

·

然

구름을 헤치고 가는 달처럼

검푸른 기운 가득 찬
밤하늘 구름 헤치고
거침없이 나아가는 달처럼
그렇게 앞으로 가라.

어둠에 밀려 뭇별조차
힘 잃고 자취 감출 때
빛을 쳐들고 전진하는 달처럼
그렇게 앞으로 가라.

지금은 이지러진 모습이어도
둥글고 완전한 자아를 향해
부지런히 분투하는 달처럼
그렇게 앞으로 가라.

세차게 역류하는 밤바람
별들의 아우성 아랑곳없이
명멸하는 구름 헤치고 가는 달처럼
그렇게 똑바로 가라.

거북, 알을 낳다

여보게!
내 보니 자넨
자네가 감당키 어려운 무거운 짐을 졌네.
거 보게.
너무 무거워 빨리 갈 수가 없잖은가.
토끼들은 자넬 놀리며 저리 빨리 뛰는데,
자넨 무슨 배짱으로 저들과 내기를 한 건가.
대충대충 만들다만 고령토 덩어리 같은
자네 얼굴이
오늘따라 아둔하고 안돼 보이네 그려.
그러니 얼른
무덤 같은 자네 등딱지를 벗고
도마뱀같이 날렵하게 살 수는 없겠나.
자넨 오늘도
운명처럼 들러붙어버린 세상 짐을 지고
부른 배를 풀려고 모래밭을
필사적으로 오르네 그려.

그래도 자넨 결국
그 뜨거운 모래밭에서 백 개의 알을 낳아
금화인 양 모래 속에 감추고는
모든 짐을 벗은 듯
참으로 오랜만에 평안한 얼굴로
먼 바다를 응시하며
지그시 눈을 감네 그려.

대지大地를 끌어안던
그 강렬한 백열白熱의 빛은 이제
서늘하고 애처로운 살빛으로 곱게 물들어
짧은 순간 저 아득한 구름 속으로
장렬히 자취를 감추고야 마는구나.

수많은 빛의 중첩
평생 쌓은 환희歡喜와 회한悔恨처럼
모두 한데 어우러진 찬란한 향연饗宴을
마치고
그렇게 하루가 끝나가고
그렇게 한 인생이 저물고 있구나.

오래 바라본다

오늘처럼
지고 있는 해를
이토록 오래 바라본 적은 없었다.
오직 강렬한 태양빛이
항상 그렇게 뜨거운 줄만 알았다.
뜨거운 태양만이 그의 성품이며,
눈부신 햇빛만이 그의 신성이며,
잿빛 구름을 뚫고 쏟아지는
황금색 빛의 열주들이
그의 능력의 전부로만 알았다.

오늘처럼
지고 있는 해를
이토록 오래 바라본 적은 없었다.
저 높은 곳으로부터 천천히 내려와
서쪽 낮은 산기슭에 굽은 등을 기댄 채
와인 빛으로 곱게 물든 해를 바라본다.
구름마저 포도주에 취해
해와 함께 어깨동무하고 이렇게
만물과 어우러지는 감미로운 그의 결론을
이토록 오래 바라본 적은 없었다.

새벽닭

저 아득한 역사의 시초에
세상을 깨운 그때부터 너는
분명 고귀한 직분을 가지고 있었구나.
그 셀 수 없이 많은 날
너희 족속은
특별히 구별된 제사장처럼
다른 모든 족속보다
가장 먼저 잠을 깨어
뭇 생명을 흔들어 일으키는구나.

너는 분명 하늘을 나는
다른 모든 새들보다
더 높이 날아올랐음에 틀림없어.
그렇지 않고서야 어찌
모든 새들의 왕인 양
저리 붉고 화려한 관을
쓸 수 있었겠는가.

오늘 새벽에도 너는
의관을 경건히 갖추고
우렁찬 목소리로
태양을 경배한 후
하늘을 비상하는
오래된 꿈을 꾸며
분홍빛 여명에 물든
동쪽 하늘을 응시하고 있구나.

세상이 왜 이토록 아름다운지

바다가 왜 이토록 아름다운지
당신은 알으십니까.
햇빛도 아니 드는 삼십 길 바다 밑
육중한 수압水壓 온몸에 견디며
외로운 마음 오래도록 고운 진주珍珠로 빚어
마침내 신神 앞에 거룩한 성물聖物로 드려지는
찬란燦爛한 진주대합조개가 그 속에 있기
때문입니다.

사막이 왜 이토록 아름다운지
당신은 알으십니까.
모래를 달구는 사십 도 염천炎天 아래
살을 찌르는 햇볕에도 마르지 않고
타는 가슴 수백 년을 생수生水로 토해내어
말라가는 모래벌 미물微物들을 적셔주는
생명生命의 오아시스가 그곳에 있기
때문입니다.

산이 왜 이토록 아름다운지
당신은 알으십니까.
바람도 얼어붙는 해발 이천 미터
눈보라 북풍北風에도 허리 꼿꼿 세우고
칼날 같은 서릿발을 붉은 열매로 바꾸어
죽어서도 변치 않는 마음 천년千年을 지켜선
일편단심一片丹心 주목朱木이 그 위에 있기
때문입니다.

세상이 왜 이토록 아름다운지
당신은 알으십니까.
그것은 짓누르고 메마르고 얼어붙은 이곳에
소망의 진주를 고독孤獨으로 빚어내고,
사랑의 샘물을 인내忍耐로 쏟아내며,
믿음의 열매를 지조志操로 맺게 하는,
그러한 당신이 살아 있기 때문입니다.

모슬포의 아침

바다로 몰아 부는 바람 등지고
수평선 마주 보고 홀로이 선다.
고깃배 한 척 밤샘일 끝내고
지친 몸 뒤척뒤척 누이러 온다.

옹기종기 모여든 돌돔 떼같이
새벽잠 깨지 못한 검은 바위들
부지런한 바닷물이 눈떠 보라고
차례차례 얼굴을 어루만진다.

한라산 분출했던 아득한 옛날
그때에 태어났을 곰보 바위들
짧은 생 부여받은 나의 존재가
어찌 이리 가볍도록 느껴지리오.

한때는 너희도 끓어오르는
용암 같은 열정에 몸살 났겠지.
한때는 가슴속 갈라 터지는
화산 같은 분노에 숨 막혔겠지.

이 모두 어질고 깊은 바다에
씻기고 토닥이고 어루만져져
이제는 백만 년 추억이 서린
아득한 역사의 흔적들이여!

뒤집으면 검어지는 흰 모래를 밟으며
새벽의 더반 해변을 맨발로 걷는다.
저 아득한 북반부 끝자락 한반도의
올망졸망한 섬들의 그 해변으로부터
이곳 남반부 끝자락 더반의
끝도 없이 길게 뻗은 장대한 해변까지
밀려오고 밀려오는 파도의 행진
그 행진에 지쳐 버린 하얀 포말泡沫들이
내 발 앞에서 거꾸러진다.

이미 중천에 높이 뜬 뜨거운 태양과
그 태양빛을 용광로처럼 녹여
황금색 쇳물처럼 검누렇게 변해버린
저 인도양의 바다는
오천 년 중국문명의 누런 황하를 받아 마시고
육천 년 인도문명의 인더스 강을 받아 마시고
칠천 년 메소포타미아의 유프라테스를 받아
마시어
비로소 지금 내 눈앞에 가장 찬란한
빛의 바다가 되었다.

더반의 바다는 왜 침묵하는가.

삼백 년 남아공南亞共의 슬픔이 끝났기 때문인가.

오십 년 전 샤프빌Sharpeville의 대학살을 잊었기
때문인가.

해변에서 놀고 있는 저 천진한 흑인 소녀들은

부끄러운 줄 모르고 다리를 치켜들어 춤추며

세계에서 몰려든 모든 족속의 사람들을
환영하는데

힐리우드 배우를 닮은 벽안의 남녀들은

침묵의 바다를 바라보며 칵테일을 즐긴다.

검은 과거는 역사 속으로

황금빛 문명의 흔적은 깊은 바다 속으로

그리고 모든 죄악과 분노와 눈물은

저 파도에 씻긴 깨끗한 모래 속으로

찬란한 인도양의 태양과 바닷물은

수천 년의 역사를 가슴에 품은 채

이 낯선 이방인마저 품으려고

부드러운 바닷물로 내 종아리를 감싸 안는다.

안동安東 가는 길

안동 가는 길
백두대간 굽이굽이
휘돌아 쳐 뻗은 산길
조선 유학의 대성인大聖人
퇴계退溪 선생 오르던 길
맑고 맑은 청량산淸凉山
기기 묘묘 육육봉六六峰
그 맑은 기운 뼈에 사무쳐
스스로 세상의 본이 되신
이理와 경敬의 높은 길
백두대간 굽이굽이
안동 가는 맑은 길.

안동 가는 길
낙동강 굽이굽이
휘돌아 쳐 뻗은 물길
조선을 구한 대현신大賢臣
서애西厓 선생 거닐던 길
고즈넉한 하회河回마을
물안개 낀 병산屛山서원
미워함이 망국의 근원이라고
스스로 나라의 눈물 되신
징비懲毖와 탕평蕩平의 큰 길
낙동강 굽이굽이
안동 가는 바른 길.

그
아름다운
밤에

만주벌판 지평선 위로
북두칠성 낮게 드리운 그 밤에
우리는 무슨 소리를 들었는가.
별들이 왕방울만 하게 뜨고
은하수 장대하게 흐르던 그 밤에
우리는 무슨 소리를 들었는가.
드넓은 들판 흙먼지 날리며
내달리던 말발굽 소리였던가.
수나라 당나라 대군에 맞서
고함치던 구국의 함성소리였던가.
혹은 나라 잃은 설움에 흐느끼던
시인의 순결한 숨소리였던가.
또는 제국의 원흉을 응징하던
영웅의 장렬한 총소리였던가.
밤하늘 가득 메운 저 별들은
우리에게 무슨 소리를 들려주었는가.

그 아름다운 별 밭 아래
우리 함께 얼싸안고 부른 노래들을
저 별들도 귀 기울여 듣지 아니했는가.
우리 가슴 하나 되어 부른 노래들은
우리가 여기서 무슨 소리를 들었기에
그토록 가슴 태우며 뜨겁게 불렀는가.
별들이 왕방울만 하게 뜨고
은하수 장대하게 흐르던
그 아름다운 밤에.

참 멀리도 왔다.
백두산 자락 자작나무 숲
그 향긋한 나무기름 내음
기억 너머 아득한데
기차 타고 수십 시간
또 비행기로 수 시간
백두대간 뻗어 내린 나라
고향으로 알고 들어와
병든 마누라 다독이며
새끼 하나 낳았다.
이쁜 새끼 내 혀로
핥을 때만 하더라도
그럭저럭 행복했지.
그런데 병들어 새끼 일찍 죽고
마누라도 죽고
속상하고 화가 나서
내 속도 썩어 문드러지는데
친구도 없고 아무도 몰라주는구나.
명색이 백수의 왕이라

이제는 껍데기만 남은 체면이라도

약한 모습 보일 순 없어

어금니 꽉 물고 버티고 있는데

새 보금자리라고

진짜 고향 같은 곳이라고

의지할 친구도 있다 해서

악으로 버티고 참고 왔는데

이미 몸에 오른 오줌독

더 어찌해 볼 도리가 없어

이 먼 백두대간 끝자락에서

아득한 고향 자작나무 냄새

한 번만 더 맡고 싶어

가눌 수도 없는 머리

북녘 향해 두고

한달음에 뛰어 백두산 올라가는

그런 날을 꿈꾸며

영원한 잠을 청한다.

• 금강이는 우리나라 산림청이 2011년 중국 국가임업국으로부터 기증
받은 백두산 호랑이로 2017년 1월 25일 봉화 국립백두대간수목원으
로 옮겨졌으나 안타깝게도 이곳으로 온지 9일 만에 만성신부전증으
로 숨졌다.

처음 내린 눈

눈이 오네. 눈이 오네.
끝도 없는 회색빛 절망에서부터
탈출하여 쏟아져 내리는
저 순결하고 여린 영혼들.

바닥에 내리네. 바닥에 내리네.
처음 내린 눈이 이 바닥에 닿네.
온 몸을 부딪쳐 닿아
흔적 없이 사라지네.

또 다른 눈이 내리네. 또 내리네.
눈물로 깃든 눈의 시신 자국 위에
또 온 몸을 부딪쳐 닿네.
또다시 흔적 없이 사라지네.

이 세상이 내 몸을 삼켜도
내리고 또 내리는 저 무수한 영혼들.
혁명이네. 세상을 뒤바꾸는 개벽이네.
검은 땅을 희게 바꾸는 장엄한 기적이네.

이제는 바닥에 내린 눈들이
사라지지 않네. 사라지지 않네.
온 땅이 깨끗함을 입었네.
천지가 다 고요하네.

바
다

저 어쩔 수 없이
망연한 눈물

태초부터 쏟아져
가득한 슬픔

아득한 수평선에서부터
밀려오고 밀려오는

그 깊이를 알 수 없는
당신의 마음

청춘바다

푸른 하늘
흰 구름

푸른 바다
흰 파도

푸른 섬
흰 물새

푸른 청춘
흰 마음

바지락 칼국수

피어오르는 향긋한 내음
밀가루 풀린 시원한 국물
뜨신 그 속에 발가벗겨진
노랗게 익은 바지락 속살

매끈한 면발 그 유혹에도
후끈한 열기 그 압력에도
기어코 입을 굳게 다문 채
장렬히 전사한 조개 한 마리

너는 죽어도 허락지 않은
고고한 열녀의 화신化身이런가
혹은 죽어도 발설치 않은
강고한 투사의 전범典範이런가

날선 칼끝 하나 들일 틈 없이
굳세게 악다문 네 의지 앞에
어제도 적당히 눈감아 버린
물렁한 내 마음 초라해진다.

백경_{白鯨}을 위한 노래

그대 이제 이 산을 떠나려 함은
좁은 산이 싫어서인가,
넓은 바다를 동경憧憬함인가.
그대 이제 저 바다로 나아가려 함은
생선 떼가 그리워서인가,
큰 고래가 되려함인가.

그대여, 바다로 가거든
부디, 큰 고래가 되어라.
남빙양南氷洋 얼음바다 포효咆哮하는
거대한 백경白鯨이 되어라.

훗날 혹 짠 바닷물로
큰 분기憤氣 등 밖으로 내뿜거든,
문득 살구꽃 피고 두견새 우는 옛 고향故鄕
맑은 시내 흐르는 어머니 산山을 향해
힘찬 사랑의 노래를 불러라!

혜성의 노래 彗星

먼 우주宇宙 달려와
일생에 딱 한 번
지구를 스치는 너의 이름은
헬 리 혜 성.

까만 밤하늘
아름다운 금가루 길게 뿌리면
오래도록 너를 기다린
사람들 마음 마음마다
고운 금빛 한 줌씩
내려주고 지나간다.

다시 너를 보려면
내 아이들의 아이들 때나 되어야겠지.

네가 다시 하늘 가까이 보이는 날
나 역시 이름 모를 별이 되어
너의 뒤를 좇고 있겠다.
네가 준 금빛 한 줌 흩날리면서.

태초에 소리가 있었으니
그 소리가 신神과 함께 있었고
그 소리는 신과 같은 존재이니라.
그 소리는 신이 듣기에 극히 좋아
태초부터 온 우주에 퍼지었다.
그 소리는 세상을 창조할 힘이 가득하였고
선하고 아름다운 뜻이 충만하였으니
만물이 그 소리로 말미암아 생명을 얻었다.
신은 그 소리의 뜻을 시詩라 칭하시고
그 소리의 운율을 음악音樂이라 칭하셨다.
신이 창조하신 모든 피조물은 각각
그의 뜻과 운율이 들어있는
신의 소리를 가지고 태어났으니
만물과 우주는 그 소리의 뜻을 구현하고
그 운율을 발성하며 운행하느니라.
그러므로 무릇 피조물 인간은
자신의 존재에 들어있는 신의 소리를 듣고
또 천하 만물에 들어있는 그 소리를 찾아내어
온 우주에 깃든 신의 뜻을 드러내야 한다.
그러므로 세상은 시로써 생명을 풍성히 얻고
음악으로써 아름다워지느니라.

결코 두려워해서는 안 될 일이다.
그래 그래서는 안 될 일이다.
태중胎中의 눈도 못 뜬 아이를 보아라.
태 밖의 세상에 대해
한 줌의 걱정도 없나니
그에게 온 천지가, 온 우주가 어머니일 뿐
그 어머니조차 알지 못하고
다만 어머니의 사랑 속에
큰 평화를 누리도다.

눈을 들어 파란 하늘 우러러 보아라.
흙냄새 충만한 대지를 둘러보아라.
별빛 반짝이는 밤하늘을 바라보아라.
파란 하늘은 하나님의 자궁이요,
검은 대지는 하나님의 태반이요,
반짝이는 별빛은 태 밖의 광명이러니,
그 우주의 어머니가 우리를 기르고
그 우주의 아버지가 우리를 기다리도다.

그러므로 결코 두려워해서는 안 될 일이다.
그래 그래서는 안 될 일이다.
이세상과 저세상이 모두 그분의 품 안일 뿐
그분을 도통 알지 못하더라도
괜찮다. 괜찮다.
다만 그 안에서 그 사랑 안에서
오직 큰 평화를 누려야 하리라.

사각의 햇빛 한 장이
신문지로 방바닥에 펼쳐져 있다.
나는 어떤 기사가 났는지
자세히 살펴본다.
무려 일억 오천만 킬로 떨어진
저 먼 곳으로부터
불과 백오십 센치도 안 되는 창문으로
빛의 속도로 순식간에 던져진
저 미지의 소식이 자못 궁금했다.
너무도 급하게 배달된 이유로
활자들은 지면에 안착되기도 전에
잘게 부서진 먼지가 되어
창문으로 튕겨 올라가고 있다.
어쨌거나 급박한 기사임에 틀림없다.
나는 활자 없는 신문지에 손을 대본다.
그 멀고 차가운 우주공간을 헤쳐 오고도
아직 식지 않은 윤전기의 열기를 느낀다.
그건 이처럼 어두운 방구석에서
식어가는 내 심장을 녹여줄
분명 좋은 소식일 터.
알 수 없는 그 내용이 나를 마냥 설레게 한다.

人

·

生

진리는 늘
저만치 있네.
바람이 불고 물결이 흘러도
그 온 곳과 가는 곳을 알 수 없는 세상
그 시원始原을 쫓아 고향을 나선
동방의 현자들처럼
별을 쫓아가면 닿을 수는 있는 건지
끝없는 길 걷고 또 걸어도
그 별은 늘
저만치 있네.

진리는 늘
저만치 있네.
거룩한 도시 밖 언덕 한 귀퉁이
가시덤불 길을 지나 골고다 언덕
그 무거운 형틀 지고 오른
수난의 성자처럼
이 길의 끝은 죽음인지 생명인지
믿음과 의심의 혼란 속에
그 분은 늘
저만치 있네.

하늘이 처음 열리고

산들이 높이 솟을 때

누가 맨 처음 이를 알려주었으랴.

신神의 분노가 세상에 가득 차

샘이 터지고 장대비 쏟아질 때

그 누가 먼저 이를 알려주었으랴.

모든 육지 생명生命들 물속에 수장水葬되고

새 땅이 찬란한 햇빛에 다시 드러날 때

그 누가 제일 먼저 이 소식 전해 주었으랴.

감람橄欖나무 한 잎 물고 수만 리 바다 위

쉼 없이 날던 그 비둘기처럼

아름다운 이 산야를 지키는 충직한 전령이여.

그대가 날개 접어

노아Noah의 창 앞에 비로소 안식할 때

오래도록 굳게 닫힌

방주方舟의 큰 문 활짝 열리고

만 가지 생명들 온 산야에 퍼져 나가

기뻐하며 뛰리니……

목욕탕

이곳은 춥고 메마른 영혼들이
자신의 깊은 허물을 드러내는 곳.
세상의 모든 껍데기를 벗고
깊이 감춰진 속살로 심판받는 곳.
죄인을 꾸짖듯 내려다보는 제단의 종
그 아래 세속에 찌든 머리를 수그리고
은혜의 말씀처럼 쏟아지는 물줄기에
온 몸을 내 맡기는 곳.
얼굴들은 다 달라도
모두 하나같이 벌거벗고
참회하는 수도사가 되어
침묵의 침례를 거룩히 받는 곳.
어떠한 분노도 자랑도 긴장도 없이
또 상하도 귀천도 체면도 없이
내면의 수면 아래 온 몸을 침잠하고
안식에 드는 세상의 마지막 성소.

진실로,
죽음의 순간이 짧다는 건
신神의 축복이다.

평생 지은 죄업을
모두 털어버리기엔
못다 한 사랑을
다 갚으려 하기엔
자신의 어리석음을
단번에 심판해버리기엔
죽음의 순간은 너무도 짧다.

더구나,
죽음이 있기에
삶은 더욱 가슴 시리게 되고
죽음이 있기에
모든 말들이 결론처럼 힘차게 되고
죽음이 있기에
인생은 한 편의 드라마로 완성된다.

아무리,
구질한 삶이었더라도
죽음이 있기에
삶 전체가 경건하게 되고
죽음이 있기에
밤하늘의 영롱한 별처럼
모든 인생은 신의 반열에 오른다.

에밀레종

제대로 살아보지도 못한
어린아이를
산 채로 잡아먹은 내 죄가 너무 무거워
난 스스로 꼼짝달싹도 못 하고
천 년의 저주를 받아
간신히 삶의 형틀에 매달려 있노라.

내 몸을 두드려라.
내 죄가 씻길 때까지
천 년의 죄업罪業이 풀릴 때까지
그래야 내 소리를 내려니
진정한 큰 소리가 나려니
그 울음소리가 나도록
내 몸을 때려다오.
더 세게 더 아프게
내 몸을 때려다오.

고통은 내 삶의 본질
울음은 내 존재의 의미
숙명적인 부딪힘과
타고난 슬픔으로
나는 세상을 울어야 하고
세상은 내 소리에 울어야 하리니
이 세상 모든 슬픔 다 울어 없애야만
비로소 천 년의 저주를 벗게 되리니

울어라 내 몸이여
울어라 세상이여
가슴이 울리도록
심장이 터지도록
울어라 천 년의 종이여!

그대 떠난 겨울 하늘

그대 떠난 저 겨울 하늘이
너무도 푸르고 푸르구나.
코발트 빛 저 하늘은 분명코
눈물로 채워진 바다로다.
장지葬地로 가는 그대 몸에
차가운 눈발 날리네.
그것은 눈물의 바다에서
쏟아져 내리는
너무도 아름다운 보석들.
그대를 사랑한 수많은
동료들의 반짝이는 마음들.
그대가 하루하루 애쓰며
하늘에 쌓아둔 선업善業의 보물들.
순결한 은가루 뿌린
하얀 카펫을 밟으며
저 푸른 하늘로 잘 가시게.
그리고 이 땅에서 누군가
또 슬픔을 당하는 걸 보시거든
잊지 말고 눈발 한 줌
뿌려주시게.

성탄전야

하늘에선 축복의 눈 내리고
베들레헴 목동 같은 아이들은
마음이 들떠 있는데
아름다운 내 형제여
그대는 무엇이 그리 급하여
이 세상을 버리시는가.

슬프고 또 슬프도다.
꽃처럼 살아온 인생이기에
함께 나눈 땀과 꿈의 추억들
알알이 가슴에 가득 메워지고
삶과 죽음을 어찌할 수 없는 운명이기에
목젖에 온 힘을 주어
치미는 눈물을 다만 삼키노라.

야속하고 또 야속하다.
오늘 내린 눈은
어찌 그리 순결하며
별무리 영롱한 밤하늘은
어찌 그리 찬란한가.
그대 떠나 더욱 어두워진
이 성탄전야에.

슬픈 한나여!

고개 숙인 그대여 내 말을 들어요.
숨어서 우는 그대여 이제 그만 울어요.
당신 속의 아픔을 그 누가 아나요.
사랑하는 이도 이해하지 못하고
지혜가 큰 이도 오해만 한답니다.

순결한 당신에게 왜 이런 슬픔이 있나요.
아름다운 그대에게 너무 가혹하지 않나요.
아마 당신 스스로도 이해할 수 없겠죠.
당신의 어둠은 이스라엘의 어둠이고
당신의 비통은 하나님의 비통이란 것을요.

이제 얼굴을 들어 하늘을 보아요.
헝클어진 머리를 질끈 동여매세요.
그리고 무릎을 꿇고 소원을 말해 봐요.
그분 앞에서 오래 오래 오직 그분 앞에서
심정과 영혼이 통하도록 아주 오래 오래도록요.

당신의 슬픔이 그분의 슬픔과 같아질 때 알게
되죠.
당신이 바로 세상의 중심이라는 것을요.
당신의 기다림으로 새 생명이 탄생하고
이스라엘이 뒤바뀌고 예언의 희망이 회복되고
당신은 마침내 성모의 반열에 선다는 것을요.

참 적나라하다.
두껍게 껴입은 체면 벗어 걸고
힘껏 조였던 삶의 오기 끄르고
최후의 자존심마저 내리고 앉아
남에게 도저히 보여주기 부끄러운
욕망의 썩은 내 풀풀 날리며
내 속에서 지난 하루 내내
부글부글 끓어오른 증오憎惡
고민고민 꾹꾹 누른 회한悔恨
부들부들 떨려오던 긴장緊張
순간순간 몸서리친 이기利己
어서 빨리 나에게서 나가라고
온 몸에 힘을 준다.
저것들도 내가 낳은 일부이거늘
뉘에게라도 들킬세라
증거인멸의 홍수심판 재빠르게 하고
다시는 이 자리에 오지 않을 것처럼
뽀드득 뽀드득 손을 씻는다.

윤두서를 그리며
尹斗緒

하늘로 치켜 올린 눈썹은
진리의 높은 곳에 미쳤고
땅으로 내려 파인 주름은
현실의 깊은 시름에 쳐졌다.

매섭게 부릅뜬 두 눈은
홍진紅塵의 죄악을 관통하고
굳게 다문 짙은 입술은
세상을 꾸짖는 포효로다.

가난해도 의로운 때이라면
인생을 즐길 만도 했겠지만
방황하며 애쓴 그 순간에도
새롭게 역사歷史를 짓고자 하여

고산孤山이 노래한 서글픈 마음
정성스런 붓질로 빚어내었고
다산茶山이 이룩할 조선의 등불
추상같은 정신으로 지펴내었다.

도
요
타

최첨단 에스유븨 하이랜더
새 차 뽑고 나설 땐
일류가 된 기분이었다.

뉴햄프셔 피터버로 교외로
고속도로 거침없이 달릴 땐
속도만큼 행복도 빠른 줄 알았다.

최고 명문대 교수 지위와
아름다운 아내와 반짝이는 새 차는
숨 가쁘게 달려온 인생의 보상

나를 믿고 차를 믿었다.
부를 믿고 기술을 믿었다.
인류를 믿고 문명을 믿었다.

브레이크가 안 듣는 것을
액셀레터가 줄지 않는 것을
다만 시속 160마일에서야 알았다.

오늘로서 삶이 끝나는 줄을
이것으로 문명이 종말인 줄을
오직 통제불능이 돼서야 알게 되었다.

나무를 심은 사람

나무라고는 없는 땅
프랑스의 방뚜산 언덕
허리 숙여 도토리 열매
꾹 눌러 심던 그 현자賢者,
고통받는 우리 숲,
잘려나간 백두대간 다시 살리려
허리 굽혀 희망의 열매
밤낮으로 심어 온 그 현자를
우리는 만났습니다.

1차 대전 그 참화
프로방스 땅이 고통에 휩싸일 때
아무런 흔들림 없이 생명의 씨앗
심어나간 그 성자聖者,
곳곳에 퍼진 소나무불치병
우리 숲을 절망 속에 빠뜨릴 때
뜨거운 가슴 눈물 삼키며
열정의 씨앗 심어나간 그 성자를
우리는 만났습니다.

참나무 숲 어느덧 우거지고
베르공 마을 떠났던 사람들 다시 모일 때
마음속 노래 소리 드러내지 않고
오히려 그 후손 위해 나무 심던 침묵의 그 시인詩人,
아름다운 우리 숲 찾는 이들 많아져
숲과 함께 노는 소리 웃는 소리 퍼질 때
숲의 마음 곱게 빚어 아름다운 노래
우리 가슴 깊이 심어 온 그 시인을
우리는 만났습니다.

사람들이 버린 곳을 부피에의 숲으로
사십 년간 천국으로 일군 후 몸까지 그 땅에 묻혀
한평생 간직했던 한없는 사랑
인류에게 알게 한 그 인격자人格者,
40년 공생애 나무와 숲 위해 전부 바친 후
오늘 그 영광까지 내려놓아
나무사랑, 숲사랑, 일사랑, 사람사랑,
사랑하는 길 후대에 일깨운 그 인격자를
우리는 만났습니다.

당신의 뒷모습

여기 한 사람이
우리를 향해 다가왔던 한 사람이
우리와 함께 왔던 그 길을
이제 뒤돌아 다시 내려갑니다.

그동안 우리는 오래도록
당신의 앞모습을 보아왔는데
채워진 단추처럼 엄정하고
우람한 체격만큼 높았습니다.

당신의 웃음소리에
새들은 춤추며 하늘을 날고
당신의 호령소리에
초목이 떨며 기립하였습니다.

오늘은 그동안 잘 보지 못했던
당신의 뒷모습을 문득 바라봅니다.
거기엔 우리가 알지 못했던
홀로 지신 고뇌가 무겁게 서렸습니다.

다시 그 아득한 길을 내려가시는 오늘
당신의 뒷모습은 점점 멀어져 가는데
붉은 저녁 해에 비친 당신의 그림자는
더욱더 커져 온 산천을 뒤덮습니다.

심청, 부활하다
沈淸

눈먼 아비와 죽은 어미는
갓 태어난 네게 씌워진 굴레이거늘
너는 어찌 한 점 티 없이
밝고 곱게만 자라왔느냐.

타락한 종교와 무자비한 세상이
네 몸뚱어리까지 달라는 운명이거늘
너는 어찌 한 점 두려움 없이
성난 세상 한복판에 뛰어들었느냐.

인당수 거친 파도와 북 치던 장사패들도
너의 희생을 잊은 지 이미 오래거늘
너는 어찌 바다보다 더 깊은 사랑으로
기어코 아름다운 연꽃 되어 부활하였느냐.

크림빵 한 개

먼 옛날 초등학교 첫 등교 날
가난한 아버지는 내가 대견하다고
학교 교문 앞 허름한 구멍가게에서
크림빵 한 개 사 주셨지.
나를 교문 안으로 들여보내시고
아버지는 잠긴 교문 밖에 서서
어서 먹고 들어가라고 손짓하셨지.
나는 하얀 구름 같은 크림빵이 아까워
작은 손에 꼭 쥐고
아버지만 돌아보았지.
그때 어떤 윗 학년 아이가
그 크림빵 쉭 낚아채
저 멀리 달아나 버렸지.
나는 울음을 터뜨렸고
아버지는 교문 밖에서 어쩔 줄 모르시고
내 이름만 부르셨지.
그때는 크림빵이 아까워 울었지만,
내 아버지를 빼앗긴 것 같아 울었지만,
지금은 그때 그 교문 밖 아버지가 생각나 울지.
가난했던 아버지가 생각나 울지.

아욱국

오늘 저녁은
아욱국이 먹고 싶다.
오래전 나의 젊으신 아버지가
드셨던 것처럼
폭염 땡볕에 땀은
소나비처럼 후두둑 떨어지고
황토밭 열기는 한증막처럼 치솟던 날
고추, 상추, 무, 호박…
빛나는 전리품들을
아버지는 개선장군처럼
수레 가득 끌고 오시고
어머니는 아욱국을 끓이셨다.
"국은 아욱국이 최고지."
아버지는 밥을 드시기 전에
허기와 갈증을 한꺼번에 채우려는 듯
아욱국 한 그릇을 훌훌 비우셨다.

풋고추 된장에 찍어 상추쌈으로
밥을 많이 드시고
아욱국 한 그릇을 또 비우셨다.
돌아가시기 전 호스로 이유식만 삼 년
아욱국 한 번만 먹고 싶다던
야위고 늙으셨던 아버지…
아욱국 훌훌 드시던
그 옛날의 젊으신 아버지 모시고
오늘 저녁은
아욱국을 먹고 싶다.

化粧
화
장
을
하
며

거울 앞에서
오래된 내 얼굴을 바라본다.
어제의 화려한 연회宴會는
꿈결 속에 묻히고
샹들리에처럼 빛나던 얼굴은
이제는 낯설다.

내 손을 잡고 춤추었던
정든 사람들은
헝클어진 머리를 묶어
보이지 않는 뒤에 쪽을 짓듯
가슴속 깊은 구석에
차곡히 덮어놓아야 한다.

그리고 이제는 새 분을 찍어
아쉬움과 회한의 실주름을 감추고
감미로운 새 립스틱으로
내 인생의 마지막 화려한
색을 입혀야 한다.

그래 지금 새날이 저리 밝았으니
정성스레 다린 새하얀 드레스를 입고
금빛 레이스 달린 숄을 두르고
새로운 세상을 맞이하러
일어서야 할 때다.

나는 꿈을 꾸었네.
아침 안개 피어오르는 경포 호숫가
이슬 젖은 풀잎 치마에 스치는데
백두대간 불어내리는 높새바람에
나부껴 펄럭이던 내 가슴을.

나는 꿈을 꾸었네.
검은 대나무 숲 쓸어 헤치고
내 품에 달려든 그 빛나는 용
저 동해바다 깊은 곳으로부터 솟아오른 태양과
일순간 하늘을 뒤덮어 버리던 용오름을.

나는 꿈을 꾸었네.
용을 닮은 현군 문왕文王 나시어
썩은 은나라 같은 이 땅
반목과 불신의 땅을 뒤바꾸어
만백성 춤추는 아름다운 조선을.

    그리하여 남녀를 무론하고 재능있는 자가
뜻을 펴고
    적서를 무론하고 지혜있는 자가 다스리며
    상하를 무론하고 공을 세운 자가 존경받는
    내 나라 새 조선을.
    나는 꿈을 꾸네, 꿈을 꾸네.

아
버
지
의
손

그것은 낙엽이다.
여름 내내 싱싱했던
그 아련한 추억마저
세월의 찬 서리에
날아가 버린
그래서 지금은
손대면 곧 바스라질듯
남겨진 짧은 시간을
오히려 축복인 양
가을햇살에 가볍게 떠는
메마른 낙엽이다.

그것은 단풍든 낙엽이다.
본성을 억누르고
나무를 살찌우기 위해
쉬지 않고 녹말을 만들며
부지런했던
그래서 이제는
나무의 짐에서 해방된 듯
감춰진 본래의 색깔을
선명한 잎맥의 그늘에
짙게 드리운

갈색의 낙엽이다.

그것은 바람에 날리는 낙엽이다.
하늘을 향해 높이 매달려
하늘의 색을 닮으려
끝없는 날갯짓 그 그늘에
산새들 품었던
그리고 마침내
한줌의 거름이 되기 위해
남겨진 이들의 마음마저
낙엽처럼 바스라지게 하며
저 멀리 사라져가는
슬픈 낙엽이다.

아버지를 품에 안고

아버지, 보이셔요?
현충원 가는 길이 너무도 아름다워요.
도로를 따라 이팝나무들이
줄지어 활짝 피었어요.
5월의 눈부신 바람을 타고 들어온
이 하얀 꽃향기를 들이켜 보셔요.

아버지는 꽃가루가 되어 제 품에 계시지만,
차갑고 두꺼운 이 사기그릇을 달구어
마지막까지 저에게 당신의 체온을
있는 힘껏 선물하시는군요.
저도 있는 힘껏 아버지를 꼭 껴안고
당신의 체온을 느끼며 갑니다.

아버지, 기억나세요?
젊은 시절, 늘 아픈 어린 저를 업고
그 먼 도립병원 밤길을 쉬지 않고 뛰셨어요.
찬바람을 막아준 넓은 등,
고래의 포효 같은 숨소리,
뜨거운 심장박동으로 달구어진 등허리.

늠름했던 모습은 저기 흐드러진 꽃잎처럼
이렇게 조각조각 흩어졌지만,
아버지의 등허리에서 느꼈던 체온
지금도 여전히 뜨거우세요.
허전한 제 몸이 아버지의 온기로
또 그 옛날 추억으로 충만해집니다.

아버지, 다 왔어요.
허옇게 휘어진 이팝나무들이
천천히 그리고 조심히 가시라고
흰 장갑 낀 손 흔들며 전송하네요.
따뜻한 아버지, 고맙습니다.
편안히 가셔요.

• 2015년 5월 9일 국립대전현충원에 아버지를 모시다.

내 친구 인도(印度)여

한 세기 전
동방의 등불이 되라고
격려해 주었던
내 오랜 친구, 인도여!
자네의 그 믿음과 우정에 기대어
나, 코리아는 그야말로
죽을 고비와
혹독한 시련을 이겨내고
남들이 인정해줄 만한
작은 성공을 이루었네.

나는 늘 자네를 고마워하고 있네.
나의 생애 초창기
자네는 위대한 딸을 내게 보내주어
역사를 시작하게 하였고,
위대한 종교를 가르치어
자네는 나의 스승이 되었네.
또 종살이의 혹독한 때
같은 처지를 나누고
비폭력 저항의 위대한 정신을 공유한
동지였음이 자랑스럽네.

세상이 그럭저럭 화창해지고
먹고 살기가 전보다는 나아진 오늘
자네의 고향을 문득 찾아와 보니
자네는 그 전과 다름없이
이 시골을 지키고 있음을 보았네.
나는 자네 덕에 작은 성공을 이루었지만
여전히 고된 농사일에 힘든 자네를 보니
내 마음이 먹먹하네.
자네와 많이 멀어져 버린 나 자신이
두렵고 미안하게만 여겨지네.

내 오랜 친구여!
내가 어려울 때 친구가 되어주고
나를 일으켜 준 나의 은인이여!
이제는 자네가 일어나야 할 때이네.
찬란했던 옛 문명, 심오한 영성과 지혜,
그 무한한 능력을 다시 보여 주시게.
자네는 중국을 넘어, 서구를 넘어
세계를 이끌 등불이 될 걸세.
세계를 끌고 갈 인류의 신문명이 될 걸세.
자네를 믿네, 내 친구 인도여!

어
머
니

집
에

가
면

어머니 집에 가면
잠 한숨 자고 싶다.
어머니 살내 나는 따뜻한 아랫목
옷도 벗지 않은 채 그대로 누워
그 옛날 국민학교 시절
추운 데서 놀다 씻지도 않은 채
그대로 잠들었던 것처럼
어머니가 옷 벗겨 주고
아무 나무람 없이 다독여주던 그때처럼.

어머니 집에 가면
잠 한숨 푹 자고 싶다.
오늘처럼 하늘이 어둑히 부풀고
싸락싸락 찬 싸라기 내리는 날엔
그 옛날 허기진 채로 놀다
밥 짓는 연기 자욱한 마을길 지나
백열등 흔들리는 집에 들어와
어머니가 끓여주신 수제비 한 그릇 먹고
아무 걱정 없이 누워 자던 그때처럼.

그 날

지금은 멀어 보이지만
그 날이
언젠가는 꼭 올 텐데
아득히 멀어 태양의 저 뒤편
이미 공전의 흔적이 수없이 쌓인
결코 올 것 같지 않은 그 어느 날이
엡App에 든 카렌다 휘릭 올려보니
실상 그리 멀지도 않던데

오늘을 돌아보면
그 날에
나 자신을 꾸짖을 텐데
신처럼 격노하고 사형수처럼 떨 텐데
오늘 나는 과연 어찌하여야
아이처럼 들뜨고 신부처럼 두근대며
겸손히 맞이할 수 있을까
언젠가는 반드시 올 그 날을.

내 죽거든

내 평생 사람의 도리
다하지 못하고 죽거든
한 마리 순한 소로
다시 태어나리라.

고운 황토 빛 털
어미에게 핥이우고
풀밭 뛰는 송아지의 때를
잠시만 누리리라.

곧 어진 주인 만나
그의 산골 밭을 가는
한 마리 착한
일소가 되리라.

동터오는 새벽엔
찬 이슬 스민 흙 속에
네 발 깊이 파묻고
말없이 밭을 갈리라.

누런 열기 한낮엔
뜨건 콧김 내뿜으며

비탈진 언덕길에
짐수레를 끌리라.

서쪽하늘 붉은 저녁엔
워낭소리 쩔렁이며
주인의 긴 그림자 따라
언덕길 내려오리라.

은싸라기 별빛 든 밤엔
주인이 끓인 죽 되새김하며
순진하게 큰 두 눈
다만 끔벅이리라.

그러다 한 십 년 후
폐우廢牛 되어 팔려간 날
음매 소리 한 번만 울고
백정에게 몸을 맡기리라.

그리고 장렬히 뼈와 살이 해체되어
저녁상 살 익는 향기로
마지막 그 어진 주인을
기쁘게 하리로다.

'나무'를 통한
정체성 확인과 자아의 확장

홍성암 문학박사 (전 동덕여대 교수)

최병암의 시집『나무처럼』은 시인이 나무를 통하여 삶의 깊이를 체득하고 발견하는 양상이다. 나무에 대한 그의 애정과 사색은 젊은 시절부터 산림청 공무원으로 살아온 직업의식이 세월과 더불어 철학적 이념으로 심화된 것이다. 시인은 나무를 자신과 동일화의 과정 즉 일체감으로 인식한다. 나무가 곧 시인 자신이며 나무의 생애와 애환이 자신의 그것으로 치환된다. 그런 점에서 그는 나무를 통하여 자신의 정체성을 확인하고 한 걸음 나아가 새로운 자아를 확장한다고 보겠다.

이 시인은 대체로 세 가지 방향에서 시의 세계에 접

근한다. 첫째는 그가 태어나고 자란 국가에 대한 애정과 충성에 기인하는 것으로서 도덕적 이념적 지향성의 작품들이다. 이들 작품들은 때로는 태초의 창조신화로 거슬러 오르기도 하는 거대 담론의 축을 형성한다.

이에 비해서 상당수의 작품들은 일상적 삶에서 자기 발견과 성찰의 과정으로 이어진다. 나무를 매개로 하는 작품들이 많지만, 그 외에도 여행지의 감상이나 삶의 사소한 영역도 소재로 활용하고 있다. 시인은 감정의 절제 속에서 대상을 이성적으로 또는 합리적으로 관조한다. 그리고 세심한 관찰을 통하여 새로운 진실의 발견이나 새로운 해석을 시도한다. 이는 우주의 재창조라는 시 창작 본래의 영역에 근접하려는 시인의 노력이기도 하다.

또 하나의 경향은 인간의 본성적인 순박한 감정을 가감 없이 드러내는 작품들이다. 시인의 내적 감정이 순수한 그대로 드러나는 경우다. 아버지를 회상하는 일련의 작품들이나 내적 욕망을 직설적으로 표현하는 소박한 서정시들이다. 인간 본연의 정서나 내재적 욕망은 대체로 설명을 필요로 하지 않는다. 존재하는 그대로가 본질이기 때문이다. 이런 관점들을 염두에 두고 이 시인의 작품 세계를 검토해 보고자 한다.

이념 지향의 거대 담론

최병암 시인의 시적 담론에는 이상적인 민족관 내지 국가관이 거대 담론으로 자리하고 있다. 이는 국가의 공복으로서 자신의 임무를 이념화한 양상으로도 이해하게 된다. 오늘날 대부분의 시들이 지나치게 개인화되어 왜소한 감상적 한풀이식 서술로 축소되는 경향이 없지 않은데 이 시인의 이러한 담론은 시의 바람직한 발전에 기여하리라고 생각한다.

산림문학회가 수여한 제3회 '산림문학상'(2017년 3월) 수상작으로 「덕유산 주목」이 선정된 바가 있다. 이때 심사위원들은 이 작품을 주목하면서 "시인의 꾸준한 창작에의 열정과 특히 근래에 발표된 시들에서 보이는 왜소한 서정에서 벗어나 자연이 지닌 웅혼한 기개를 드러내려는 그 기상"에 주목한다고 밝힌 바가 있다.

> 이미 죽은 지 족히 천년 가까운
> 네 잔해를 보노니
> 저는 북풍 모진 겨울바람을 견디려
> 그 몸을 더욱 날카롭게 세웠구나.
> 서릿발보다 날선 비수 같은 네 몸으로
> 감히 저 높은 하늘을 찔러
> 이 넓은 하늘이 저리도 새파래졌느냐.
>
> — 「덕유산 주목」의 일부 —

이 작품은 덕산德山으로 불리는 덕유산과 '서릿발보다 날선 비수'로 비유된 고사목의 대비가 즉, '어머니/아들'의 대립항으로부터 '주목/광활한 하늘'로 확장시키는 놀라운 발상을 보여주고 있다. 또한 작은 간난에도 일희일비하는 보통사람들의 하산下山이 상징하는

사랑의 충전이 오늘의 삶을 정화시키는 위로로 다가
오는 즐거움을 놓칠 수 없게 한다는 뛰어난 표현력도
보여주고 있다. 이러한 거대 담론으로서의 시편들은
다음에서도 살피게 된다.

> 태초에 하늘 열리고
> 온 땅이 요동칠 때
> 하늘에서 내린
> 하느님의 정수 받들려
> 세상 모든 산들이 일제히 일어나다
> 오직 한 곳 점지 받은 이곳
> 아! 백두여!
> 여기서 비로소 우리 땅이 시작하고
> 한반도는 오롯이 신령한 땅이 되었구나
>
> — 「백두여! 아 천지여!」의 제1연 —

> 저 아득한 역사의 시초에
> 세상을 깨운 그 때부터 너는
> 분명 고귀한 직분을 가지고 있었구나.
> 그 셀 수 없이 많은 날
> 너희 족속은
> 특별히 구별된 제사장처럼
> 다른 모든 족속보다
> 가장 먼저 잠을 깨어
> 뭇 생명을 흔들어 일으키는구나.
>
> — 「새벽닭」 중에서 —

앞의 시는 태초의 창조에서 시작되어 5천 년 전 단군임금에 의한 개국과 2천 년 전 고구려의 기상과 그 이후의 역사와 민족의 수난사를 다룬다. 그리고 오늘날의 민족적 중흥을 조명하면서 우리의 역사를 개관하고 민족의 이상에 대한 꿈을 펼쳐 보인다. 한반도에 터전을 잡은 우리 민족에 대한 애정과 자긍심이 느껴진다. 그런 조국을 앞으로 더욱 발전시켜 후손만대 물려주어야 할 위대한 자산으로 삼겠다는 의지가 엿보인다.

뒤의 작품은 '새벽닭'을 소재로 한 것이다. 새벽닭이 우렁찬 목소리로 태양을 경배한 후에 하늘을 비상하려는 자세를 유지한다. 닭은 오래된 꿈을 실현하고자 분홍빛 여명에 물든 동쪽 하늘을 응시하고 있다. 그런 웅혼한 기개와 의지는 곧 우리 민족의 의지며 기개다. 동시에 이 시인이 추구하고자 하는 민족적 과제다. 자손만대에 빛나야할 민족적 과제를 '새벽닭'의 울음에 의탁해 본 것이다. 국가와 민족에 대한 긍지와 사명감이 동시에 느껴지는 시인의 자세라고 하겠다. 두 작품이 지니는 소재의 차이에도 불구하고 시인이 추구하는 이념이 지향하는 바가 동일한 양상으로 나타난 것이다.

일상적 삶에서의 자기 발견과 성찰

앞의 시들이 이념 지향적인데 비해서 상당수의 작품들은 일상적 삶에서 자기 발견과 성찰의 과정으로 이어진다. 대체로 나무를 매개로 하는 작품들이 많지만, 그 외에도 여행지의 감상이나 삶의 사소한 영역도 소재로 활용하고 있다. 시인은 감정의 절제 속에서 대상을 이성적으로 또는 합리적으로 관조한다. 그리고 세심한 관찰을 통하여 새로운 진실의 발견이나 새로운 해석을 시도한다. 이는 우주의 재창조라는 시 창작 본래의 영역에 근접하려는 시인의 노력이기도 하다.

이 시집의 표제시인 「나무처럼」에서 시인은 나무에 대한 관찰, 나무에 대한 사색을 통해서 자신의 세계관을 드러내고자 한다. 온갖 시련에도 말없이 기다리다가 봄이 되면 새파란 이파리로 재생하는 나무의 삶을 다음과 같이 노래한다.

> 여름엔 비바람 겨울엔 눈보라
> 또 온갖 새들 몰려와
> 품은 열매 모두 쪼아내어도
> 말없이 기다리다 봄 되면 다시
> 새파란 이파리로 돋아나는 나무처럼

– 「나무처럼」의 일부 –

시인은 '나무처럼' 살겠다고 다짐한다. 오직 한 곳에 깊이 뿌리를 내리고 한 걸음도 움직이지 못하면서도 하늘 높은 곳을 우러러 힘차게 가지를 뻗는 불굴의 기상을 본받고자 한다. 온갖 시련에도 굽히지 않고 모두를 포용하는 나무가 되고자 한다. 살생을 모르고 미물인 벌레까지도 모두 포용하면서 오로지 태양의 은총만을 갈구하는 그런 나무가 되고자 하다. 시인은 자연물인 나무의 본질을 관조하고 새로운 관점으로 재해석하고 또한 자신이 추구해야 하는 이념의 지표로 삼고자 한다. 이는 나무와 자신을 동일시한 것이며 또한 나무를 통한 자신의 정체성을 확인하는 것이기도 하다.

> 참으로 합당하다
> 그 성품은 선비처럼
> 꼿꼿하고 깨끗하니
> 그 솔바람 맞으면
> 귀 밑 가 서늘해진다.

— 「정이품송」 중에서 —

이 시는 시인이 지향하고자 하는 품성의 양상을 직접적으로 드러낸 경우다. 항상 반듯하게 살고자 한다. 합당한 삶을 지향한다. 선비처럼 꼿꼿하고 깨끗하게 살고자 한다. 그런 기개를 배우고자 한다. 평생 욕심 없이 한 줌 햇빛으로 만족하는 삶. 소박하고 겸손한 삶. 그것이 시인 자신이 추구하는 삶의 지표이기도 하다. 시인의 이런 청정무구한 심성은 곧 나무를 통해서 배우고 체득한 것이다. 산과 나무와 더불어 평생 살아온 직업이 이념화된 것이다. 시집 전반에 걸쳐 발견되는 나무 관련 시들은 대부분 비슷한 체험의 소산이라고 하겠다.

이 시집에는 나무 이외에도 풀과 꽃 같은 자연물 그리고 여행지의 체험 또는 사소한 삶의 일상사도 소재

로 활용하고 있다. 그리고 그런 사물을 대하는 관조의
틀은 앞의 작품들과 별로 다르지 않다. 시인 자신의
심성에서 자연스럽게 발로되는 심상을 진솔하게 표현
하고 있기 때문이다. 현란한 수사를 피하고 사물의 본
질로 곧바로 다가서는 우직함 때문일 것이다.

아무도 너를 보지 못해도
황금빛 꽃을 피우는구나
아무도 너를 찾지 않아도
천상의 향을 풍기는구나

— 「난초」 중에서 —

그곳은 정녕 신이 사는 땅
죄 있는 자 범접치 못할 거룩한 성전
천국으로 향하는 새하얀 오솔길을
참회하듯 숨죽이며 삼가 오른다

— 「곰배령」 중에서 —

수 많은 빛의 중첩
평생 쌓은 환희와 회한처럼
모두 한데 어우러진 찬란한 향연을 마치고
그렇게 하루가 끝나가고
그렇게 한 인생이 저물고 있구나

— 「일몰」 중에서 —

일련의 시들에서 보이는 바 시인이 대상에 접근하

는 방법은 직접적이고 경험적이다. 그리하여 시인이
체득하는 대상에서의 진실은 곧 독자의 심정을 대변
하는 것이기도 하다. 대상을 바라보는 사색의 깊이 속
에서 인간의 의식 또한 성숙되고 심화된다. 시인과 독
자의 체험적 공유는 감동의 폭을 그만큼 확장시키는
효과를 가져온다. 이러한 삶의 성찰에 대한 진지함은
시인 자신의 인격도야이며 동시에 세계에 대한 사색
의 심화다. 그의 시들이 시인의 진지함으로 인해서 다
분히 엄숙주의와 결부되지만 더러는 해학적인 시편
또한 없지 않다.

> 참 적나라하다
> 두껍게 껴입은 체면 벗어 걸고
> 힘껏 조였던 삶의 오기 끄르고
> 최후의 자존심마저 내리고 앉아
> 남에게 도저히 보여주기 부끄러운
> 욕망의 썩은 내 풀풀 날리며
> 내 속에서 지난 하루 내내
> 부글부글 끓어오른 증오
> 고민고민 꾹꾹 누른 회한
> 부들부들 밀려오던 긴장
> 순간순간 몸서리 친 이기
> 어서 빨리 나에게서 나가라고
> 온 몸에 힘을 준다
>
> ─「배변의 잠시」중에서 ─

이 시는 용변의 철학이라고 할까 다분히 해학적인 표현이다. 이런 표현에서도 우리는 자연스럽게 일상적 삶의 한 단면을 사색하게 된다.

도덕적이고 규범적인 시인의 삶에서 문득 보이는 이런 해학은 감정의 카타르시스에 크게 기여하리라고 본다. 인간은 고등한 신과 하등한 동물의 사이를 유동적으로 옮겨 다니는 존재다. 지나친 엄숙주의에서 오는 삶의 불균형을 이런 식의 방법으로 해소함으로써 삶의 균형을 잡을 수 있게 된다.

이 시인의 도덕적 성품과 의욕적인 직업의식 그리고 합리적 사고의 내면에는 이런 해학이 공존하고 있어서 삶의 여유로움과 타인에 대한 관대함 등이 가능했을 것으로 여겨진다.

인생을 편협하고 각박한 현실로 가두지 않고 일말의 여유를 확보함으로써 큰 그릇으로 성장할 수 있는 기반을 갖추게 된 것이다.

🖋 인간 본성적 감정의 자연스런 발로

최병암 시인은 교육받은 세대로서 고위직 공무원에 이르기까지 자신의 감정과 이성을 잘 관리해 온 슈퍼에고의 인물로 평가된다.

그러나 그 내면의 심연에는 인간 본성적인 서정이 넘치는 인물임이 시의 여러 곳에서 감지되는데 특히 서정적인 짧은 시편들과 아버지를 회상하는 시편들에서 잘 표출되고 있다.

첩첩겹겹
산줄기

타래타래
실개천

몽실몽실
흰 구름

거침없는
마파람

- 「문장대」의 전문 -

저 어쩔 수 없이
망연한 눈물

태초부터 쏟아져
가득한 슬픔

아득한 수평선에서부터
밀려오고 밀려오는

그 깊이를 알 수 없는
당신의 마음

- 「바다」의 전문 -

서정이 넘치는 이런 시들은 울컥 쏟아지는 눈물처럼 감정이 솟구치는 그대로를 표현한 것이다. 엄격한 직장 생활의 바쁜 나날 속에서도 잠시 자신을 비우고 순수한 본연의 자신으로 돌아갔을 때의 내밀한 의식 저 심층에서 솟아오르는 샘물 같은 서정, 정서 그것의 모습이기도 하다. 다른 부차적인 설명이 필요 없는 감정 그 자체를 대상화하여 보여준 것이다. 이런 경우 시어는 서술의 매개물이 아니고 감정을 전달하는 대상 그 자체다.

첩첩 산, 타래타래 개천, 몽실몽실 구름 거침없는 바람. 자연 현상을 이처럼 간결하게 제시하는 것도 쉬운 일은 아닐 것이다. 언어를 대상화 하는 그 자체만으로도 우리는 자연을 어떤 설명적 매개 없이 직접적으로 이해하게 된다. 설명하지 않아도 모두 느낄 수 있는 언어의 마술에 접할 수 있게 된다. 즉 감정이입의 방법으로 우주를 들여다보는 언어의 마술을 이 시인은 상당히 터득한 것으로 보인다.

아버지를 회상하는 일련의 시편에서는 간절한 혈연적인 인간애와 더불어 헌신적 부모의 은혜에 감격하는 모습을 살피게 된다. 근래 우리가 잃어버린 것 중의 하나가 부모의 은혜에 대한 고마움이 아닌가 싶다. 흔히 "하늘보다 높고 바다보다 넓은"으로 표현되는 나를 낳아주시고 길러주신 은혜. 인간의 가장 기초적이고 근본적인 것에 대한 인식, 그런 것들을 우리는 많이 잊고 산다. 우리 자신을 존재케 하는 가장 본원적이고 중요한 가치인 부모에 대한 효도의 마음은 다음 시들을 통해서 살피게 된다.

아버지 보이셔요?
현충원 가는 길이 너무나도 아름다워요
도로를 따라 이팝나무들이
줄지어 활짝 피었어요.
5월의 눈부신 바람을 타고 들어온
이 하얀 꽃향기를 들이켜 보셔요.

- 「아버지를 품에 안고」의 제1연 -

  이렇게 시작된 이 시는 "젊은 시절 늘 아픈 저를 업
고 그 먼 도립병원까지 밤길을 쉬지 않고 뛰셨던" 아버
지에 대한 추억으로 이어진다. 누구에게도 이와 비슷
한 한두 개의 기억을 갖고 있으리라. 그러나 아버지는
우리가 효도할 때를 기다리지 않고 떠나가셨다. 그래
서 평생 갚지 못하는 후회, 안타까움을 안고 살아가야
한다. 놓쳐 버린 지난 날이 너무도 한스러운 것이다.

먼 옛날 초등학교 첫 등교 날
가난한 아버지는 내가 대견하다고
학교 교문 앞 허름한 구멍가게에서
크림빵 한 개 사주셨지.

- 「크림빵 한 개」의 초반부 -

돌아가시기 전 호스로 이유식만 삼년
아욱국 한 번 먹고 싶다던
야위고 늙으셨던 아버지…
아욱국 훌훌 드시던

그 옛날 젊으신 아버지 모시고
오늘 저녁은
아욱국을 먹고 싶다.

– 「아욱국」의 종반부 –

앞의 시는 하얀 구름 같은 크림빵이 먹기 아까워 작은 손에 쥐고 아버지만 돌아보는데 어떤 윗반 학생이 재빨리 그걸 채서 달아나 버린 이야기다. 교문 밖에서 어쩔 줄 모르고 내 이름만 부르시던 아버지. 그때는 빼앗긴 크림빵 때문에 울었지만 지금은 교문 밖의 아버지가 생각나서 운다. 이런 단순한 서사는 그 단순성 때문에 더 감동적이다.

뒤의 시는 돌아가실 때의 아버지 모습이다. 이런 체험은 시인만의 것이 아니다. 시련의 역사를 살아온 독자들 모두의 몫이기도 하다. 가난하고 어려웠던 지난날의 엄청난 시련들이 주마등같이 떠오른다. 어린 시절엔 미처 몰랐던 그런 아버지의 곤고한 삶이 성인이 된 지금에야 아프게 회상 된다. 아버지와 아욱국 한번 같이 먹고 싶은 소박한 소망. 지금에 이르러 그런 소망은 불가능하다. 그래서 갚을 수 없는 큰 빚으로 남는다. 이런 정서를 확대하면 이 모든 것들이 우리 민족의 수난사며 살아 있는 우리 모두가 아버지의 세대에게 진 큰 빚이다. 이 시가 크게 공감을 주는 것은 이런 역사적 시련의 강을 함께 건넜던 모든 독자들과 그 정서를 공유하기 때문일 것이다.

이 시인의 아버지에 대한 회상은 이처럼 평범한 것

들이다. 일상적이다. 누구에게나 흔히 발견되는 종류다. 문학이 감동적이기 위해서는 이런 일반화가 중요하다.

시인의 기억 속에 오래 잠들어 있던 회한의 심정을 꾸밈없이 직설적으로 드러냄으로써 독자들의 내면에 숨겨져 있는 서정의 불씨를 피우게 되는 것이다.

이제 첫 시집을 내는 최병암 시인은 이러한 자신의 시 세계가 자신의 시적 성장과 더불어 어떤 방향으로 발전되고 확장될 것인지를 항상 새롭게 탐색하면서 시의 바다로 항해해야 하리라고 본다. 그리하여 인생에 대한 체험과 자신이 살고 있는 세계에 대한 심도 있는 성찰을 통해서 자신을 보다 확장시키고 승화시키는 과정을 겪어야 하리라고 본다.